扬州诗咏

李保华 选注

苏州大学出版社

《扬州文化丛书》编委会

主　　　编	高　敏　赵昌智
副　主　编	陈长荣　曹永森
编　　　委	（以姓氏笔画为序）
	王　兰　王稼句　李厚尧
	吴培华　陆苏华　陈少英
	陈长荣　陈忠南　赵昌智
	高　敏　耿曙生　曹永森
执 行 编 委	陈长荣　王稼句
执 行 编 务	施曙华　唐明珠

序

季羡林

在我国众多的历史文化名城中，扬州是一个文化个性十分鲜明的城市。如果说在中国文化版图上有诸多闪光点的话，那么，扬州正是这样的闪光点之一。扬州文化以其鲜明的特色在中国文化史上占有重要的地位。

扬州地处南北走向的运河与东西走向的长江之交汇点上，自古即有楚尾吴头、江淮名邑之称。扬州作为交通枢纽与商贸重镇，擅舟楫之便，得人文之胜；这里风光明媚，物产富饶，文教昌盛，地灵人杰，历史文化积淀十分丰厚。这表现在独树一帜的园林胜迹、琳琅满目的工艺珍品、脍炙人口的美味佳肴、争奇斗艳的服饰民居等丰富多彩的物化形态上，表现在千姿百态的扬州戏曲、博大精深的扬州学派、蜚声中外的扬州画派等门类齐全的人文形态上，更表现在其文化创造的活跃、文化氛围的浓厚与文化心理的成熟上，等等。

扬州作为一个文化重镇，辐射出巨大的文化能量。这里产生过、活动过、寄寓过数不胜数的文化名人，从文人学者到书家画师，从巧匠能工到杏坛名家，其生动活泼的文化创造与传播、绵延不息的文化承续与延递，从来没有湮灭或消沉过。文化底蕴的深厚与文化内涵的博大，造就了令人神往的扬州，使其作为中华文化渊薮之区的鲜明形象日久弥新。

面对多姿多彩、浩瀚博大的扬州文化形态，我们感受到了其内在文化精神的律动。这种文化精神,体现为"天行健,君子以自强不息"之日日新、又日新的创造,体现为"地势坤,君子以厚德载物"的海纳百川与兼容并蓄,体现为精致入微、孜孜不倦而永无止境的文化追求。在这里,我们看到了扬州人民与时俱进的实践品质与意气风发的精神风貌,看到了其主体性的高扬与创造性的勃发。扬州文化不仅是扬州人民的骄傲,而且也是江苏人民和全国各族人民一笔共同的巨大精神财富。

古为今用,推陈出新;延续而创造,继承以发展。弘扬中国古代的优良文化传统,是为了建设当代的社会主义先进文化,为改革开放和现代化建设提供强大的精神动力与智力支持。文化是一个国家也是一个地区综合实力之重要的有机组成部分。社会主义现代化应该有繁荣的经济,也应该有繁荣的文化。重视发挥地域历史文化资源的作用,加强对江苏地方文化资源的开发与利用,对于推动文化大省建设、加快江苏现代化建设具有重要的意义。深入探讨与研究扬州文化的内在价值,其主旨正在于此。

2000年10月下旬,江总书记在故乡会见法国总统希拉克期间,应扬州同志的请求,欣然题词:"把扬州建设成为古代文化与现代文明交相辉映的名城。"这为扬州也为江苏的城市建设指明了前进的方向和奋斗的目标。苏州大学出版社和扬州市委宣传部联合出版一套《扬州文化丛书》,分门别类地介绍扬州文化知识,阐述扬州文化的内在精神,这是江苏文化建设中一项大有益处的工作,是江苏出版界落实江总书记"三个代表"重要思想的一个具体体现。我相信,这套丛书不但对于扬州人了解其历史文化有很大的帮助,而且对于所有关心与热爱扬州文化、关心与热爱中国文化的人来说,都会是很有意义的。有感于斯,写了以上的话。是为序。

2001年秋

目 录

魏晋·隋代

◆至广陵马上作　曹丕 /〇〇二
◆扬州法曹梅花盛开　何逊 /〇〇四
◆广陵岸送北使　阴铿 /〇〇五
◆江都宫乐歌　杨广 /〇〇七
◆长干曲　无名氏 /〇〇八

唐 代

◆春江花月夜　张若虚 /〇一〇
◆宿桐庐江寄广陵旧游　孟浩然 /〇一三
◆客广陵　王昌龄 /〇一四
◆黄鹤楼送孟浩然之广陵　李白 /〇一五
◆秋日登扬州栖灵塔　李白 /〇一六
◆登广陵栖灵寺塔　高适 /〇一八
◆解闷十二首(选一)　杜甫 /〇二〇
◆春草宫怀古　刘长卿 /〇二一
◆秋日登吴公台上寺远眺　刘长卿 /〇二二
◆送子婿崔真甫、李穆往扬州四首(选二)　刘长卿 /〇二三
◆初发扬子,寄元大校书　韦应物 /〇二四
◆汴河曲　李益 /〇二五
◆夜看扬州市　王建 /〇二六
◆广陵诗　权德舆 /〇二七
◆题惠昭寺木兰院二首　王播 /〇二九
◆酬乐天扬州初逢席上见赠　刘禹锡 /〇三二

- ◆同乐天登栖灵寺塔　刘禹锡／○三四
- ◆与梦得同登栖灵寺塔　白居易／○三五
- ◆长相思　白居易／○三六
- ◆宫人斜　窦巩／○三八
- ◆宿扬州　李绅／○三九
- ◆扬州春词三首　姚合／○四○
- ◆寻人不遇　贾岛／○四二
- ◆忆扬州　徐凝／○四三
- ◆纵游淮南　张祜／○四四
- ◆汴河亭　许浑／○四五
- ◆扬州三首　杜牧／○四六
- ◆寄扬州韩绰判官　杜牧／○四八
- ◆赠别二首　杜牧／○四九
- ◆遣怀　杜牧／○五一
- ◆隋宫　李商隐／○五二
- ◆炀帝陵　罗隐／○五三
- ◆后土庙　罗隐／○五四
- ◆汴河怀古（二首选一）　皮日休／○五五
- ◆过扬州　韦庄／○五六
- ◆送蜀客游维扬　杜荀鹤／○五八
- ◆酬杨赡秀才送别　[朝鲜]崔致远／○五九
- ◆淮上与友人别　郑谷／○六○

宋　代

- ◆浣溪沙　晏殊／○六二
- ◆后土庙琼花诗二首　王禹偁／○六三
- ◆琼花　韩琦／○六五
- ◆和刘原父平山堂见寄　欧阳修／○六七
- ◆朝中措·平山堂　欧阳修／○六八

◆送杨秘丞秉通判扬州　司马光 /〇六九
◆平山堂　王安石 /〇七〇
◆泊船瓜洲　王安石 /〇七一
◆谷林堂　苏轼 /〇七二
◆西江月·平山堂　苏轼 /〇七四
◆九曲池　苏辙 /〇七五
◆次韵王定国扬州见寄　黄庭坚 /〇七六
◆梦扬州　秦观 /〇七七
◆望海潮·广陵怀古　秦观 /〇七八
◆望海潮·扬州芍药会作　晁补之 /〇七九
◆晚云高·太平时　贺铸 /〇八一
◆浪淘沙·芍药　韩元吉 /〇八二
◆寄题扬州九曲池　陆游 /〇八三
◆送邓根移戍扬州　周必大 /〇八四
◆皂角林　杨万里 /〇八五
◆八声甘州·扬州　李好古 /〇八六
◆水调歌头·舟次扬州,和杨济翁、周显先韵　辛弃疾 /〇八七
◆和上官伟长芜城晚眺　严羽 /〇八九
◆扬州慢　姜夔 /〇九〇
◆水调歌头·平山堂用东坡韵　方岳 /〇九二
◆至扬州二十首(选一)　文天祥 /〇九三

元　代

◆木兰花慢·灯夕到维扬　白朴 /〇九六
◆中吕·山坡羊·客高邮　张可久 /〇九七
◆双调·折桂令·小金山　张可久 /〇九八
◆混江龙·咏扬州　乔吉 /〇九九
◆扬州　吴师道 /一〇一
◆过扬州　王冕 /一〇二

◆中秋广陵对月　张翥 /一〇四

◆和维扬友人　陈旅 /一〇五

◆鹧鸪天·扬州平山堂今为八哈师所居　[朝鲜]李齐贤 /一〇六

◆过广陵驿　萨都剌 /一〇七

◆双调·天香引·忆维扬　汤式 /一〇八

明　代

◆维扬怀古　曾棨 /一一〇

◆琼花　于谦 /一一一

◆扬州怀古　李东阳 /一一二

◆过扬州平山堂二首　文徵明 /一一三

◆上巳谒四贤祠　王磐 /一一四

◆文游台　夏言 /一一六

◆北双调·水仙子·广陵夜泊　金銮 /一一七

◆南黄钟·画眉序·芜城词　朱曰藩 /一一八

◆送子相归广陵　李攀龙 /一二〇

◆广陵访周公瑕不遇，云自仪真失之　王世贞 /一二一

◆邵伯湖夜泊　于慎行 /一二二

◆广陵夜　汤显祖 /一二三

◆扬州晓泊　袁宏道 /一二四

◆次广陵漫作三首（选二）　吴稼澄 /一二五

◆登扬州城楼　徐熥 /一二六

◆甲申秋渡江感怀（二首选一）　瞿式耜 /一二七

◆扬州　陈子龙 /一二九

◆寄题影园　陈肇曾 /一三一

◆邗沟　岳岱 /一三二

清　代

◆十月朔抵广陵二首(选一)　钱谦益　/一三四
◆扬州四首(选二)　吴伟业　/一三五
◆扬州　钱澄之　/一三七
◆过史公墓　吴嘉纪　/一三八
◆董井　吴嘉纪　/一三九
◆望江南·扬州　吴绮　/一四〇
◆芜城春日同菌次分韵　宗元鼎　/一四一
◆赵雷文仪部榷税扬州　孙枝蔚　/一四二
◆红桥泛月　郭士璟　/一四三
◆游红桥　费密　/一四四
◆玉钩斜　汪琬　/一四五
◆莺啼序·春日游平山堂即事　陈维崧　/一四六
◆红桥　朱彝尊　/一四八
◆蝶恋花·扬州早春同沈翚九赋　朱彝尊　/一四九
◆蜀冈怀古四首　屈大均　/一五〇
◆画屏秋色·芜城秋感　彭孙遹　/一五一
◆隋宫　陈恭尹　/一五三
◆浣溪沙·红桥怀古三首(选二)　王士禛　/一五四
◆红桥二首　王士禛　/一五六
◆再过露筋祠　王士禛　/一五七
◆冶春绝句十二首(选二)　王士禛　/一五八
◆真州绝句五首(选三)　王士禛　/一六〇
◆夜发维扬　蒲松龄　/一六一
◆南北中吕合套·石榴花·广陵端午　石庞　/一六二
◆广陵怀古　洪昇　/一六五
◆次韵刘郡伯清明郊游八首(选一)　王式丹　/一六六
◆扬州城外观灯船和友人韵二首　查慎行　/一六七
◆天宁寺　爱新觉罗·玄烨　/一六九

- ◆早春泛舟至平山堂分韵　　曹寅／一七〇
- ◆浣溪沙·红桥怀古和王阮亭韵　　纳兰性德／一七一
- ◆红桥　　孔尚任／一七二
- ◆暮春同西唐、五斗泛保障河望隋宫故址，
  　　维舟至铁佛寺，晚饮红桥四首（选一）　　汪士慎／一七三
- ◆忆康山旧游，寄怀余元甲，高翔，马曰琯、
  　　曰璐，汪士慎　　金农／一七四
- ◆邗上怀古　　黄慎／一七六
- ◆平楼远眺　　高翔／一七七
- ◆扬州（四首选二）　　郑燮／一七八
- ◆满江红·思家　　郑燮／一七九
- ◆红桥修禊（四首）　　卢见曾／一八〇
- ◆忆王孙·怀红桥旧游　　厉鹗／一八三
- ◆扬州慢·广陵芍药　　厉鹗／一八四
- ◆将往平山堂风雪不果（二首）　　吴敬梓／一八五
- ◆瘦西湖　　汪沆／一八六
- ◆双忠祠　　鲍皋／一八七
- ◆梦香词·调寄望江南（选四）　　费轩／一八九
- ◆虹桥　　爱新觉罗·弘历／一九〇
- ◆邗江留别四首（选二）　　袁枚／一九二
- ◆扬州游马氏玲珑山馆，感吊秋玉主人　　袁枚／一九三
- ◆扬州二绝句　　纪昀／一九四
- ◆梅花岭吊史阁部　　蒋士铨／一九五
- ◆湖上（四首）　　赵翼／一九七
- ◆泊舟平山堂下　　罗聘／一九八
- ◆游法海寺　　柏盟鸥／一九九
- ◆邗沟夫差庙　　汪中／二〇〇
- ◆高旻寺行宫敬赋　　洪亮吉／二〇二
- ◆扬州四首（选一）　　吴锡麒／二〇三
- ◆九峰园　　爱新觉罗·颙琰／二〇四

◆扬州水次　张问陶 /二〇六
◆泊瓜洲督运,自题《江乡筹运图》　阮元 /二〇七
◆第五泉　陈文述 /二〇九
◆临江仙·寒柳　[日本]日下部梦香 /二一〇
◆由金山放船至扬州,遂览平山、康山诸胜,
　　得诗四首(选三)　张维屏 /二一一
◆扬州城楼　陈沆 /二一四
◆过扬州　龚自珍 /二一五
◆己亥杂诗(选二)　龚自珍 /二一七
◆扬州画舫曲十三首(选六)　魏源 /二一九
◆浣溪沙·红桥步《衍波词》韵　项鸿祚 /二二二
◆广陵吊史阁部　黄燮清 /二二三
◆忆旧游　顾文彬 /二二五
◆鹧鸪天·邗江道中　张熙 /二二六
◆扬州　孙衣言 /二二七
◆广陵杂咏(七首选一)　方濬颐 /二二八
◆扬州慢　杨汝燮 /二二九
◆小游船诗(八首选四)　辛汉清 /二三〇
◆二月望,李允卿个园消寒八集(四首选二)　陈重庆 /二三二
◆雨中饮何园二首　陈重庆 /二三四
◆宝塔湾　沈曾植 /二三六
◆城西名园二十六咏(选六)　叶蕙心 /二三八
◆再游扬州感赋　康有为 /二四二
◆扬州风物最相思　[日本]森槐南 /二四三
◆秋怀　丘逢甲 /二四四
◆望江南·五亭桥　惺庵居士 /二四五

民　国

◆扬州　张謇 /二四八

- ◆水调歌头·平山堂题壁　梁公约 /二四九
- ◆禅智寺　陈霞章 /二五〇
- ◆扬州　汪荣宝 /二五一
- ◆偕谢无量游扬州　马君武 /二五二
- ◆怀扬州用姜白石"小红低唱我吹箫"韵　郁达夫 /二五三
- ◆仙吕·解三酲·乡心　任中敏 /二五四
- ◆浣溪沙·小金山　易君左 /二五五
- ◆浣溪沙·虹桥　蔡巨川 /二五六
- ◆望江南·旅窗杂忆(十三首选四)　丁宁 /二五七

- ◆后记 /二五九

- ◆主要参考书目 /二六一

魏晋·隋代

扬州旧处可淹留,
台榭高明复好游。

——杨广

至广陵马上作①

曹 丕

观兵临江水，　　水流何汤汤②。
戈矛成山林，　　玄甲耀日光③。
猛将怀暴怒，　　胆气正纵横。
谁云江水广，　　一苇可以航④。
不战屈敌虏，　　戢兵称贤良⑤。
古公宅岐邑⑥，　　实始剪殷商⑦。
孟献营虎牢⑧，　　郑人惧稽颡⑨。
充国务耕殖⑩，　　先零自破亡⑪。
兴农淮泗间⑫，　　筑室都徐方⑬。
量宜运权略，　　六军咸悦康。
岂如东山诗⑭，　　悠悠多忧伤。

[作者简介]

　　曹丕（187－226），字子桓，沛国谯（今安徽亳州）人，曹操的次子。建安十六年（211）为五官中郎将、副丞相，与孔融、王粲辈为文字交。二十二年（217），立为魏太子。二十五年（220）废献帝为山阳公，代汉即帝位，国号魏，都洛阳。在位七年卒，谥号文帝。丕虽生长于戎旅之间，但雅好读书，以著述为事，著《典论》、诗赋之属凡百余篇。所为诗抒情之作往往深婉有致。

[注释]

　　①广陵：郡名。故城在今扬州市东北。汉为广陵国，东汉改郡，郡治所均在广陵。《三国志·魏志·文帝纪》：“（黄初六年）八月，帝遂以舟师自谯循涡入淮，从陆道幸徐。九月，筑东巡台。冬十月，行幸广陵故城，临江观兵，戎卒十余万，旌旗数百里。是岁大寒，水

道冰,舟不得入江,乃引还。"故此诗实为临广陵故城观长江罢兵而作。是最早提到广陵(今扬州)的一首诗。

②汤汤:大水急流貌。

③玄甲:黑色的铁甲。

④一苇:捆苇草当筏。后用作小船的代称。

⑤戢兵:罢兵。

⑥古公:指古公亶父,即周太王,古代周族领袖,周文王的祖父。因周族常受戎族、狄族的威逼,古公乃由豳(今陕西彬县东北)地迁到岐山下的周,重建家园,逐渐强盛,进而灭商纣。

⑦殷商:朝代名,约公元前十四世纪至公元前十一世纪。

⑧孟献:孟献子,即春秋时鲁国大夫仲孙蔑。虎牢:春秋时郑地,在今河南荥阳汜水镇。自古为戍守要地。

⑨稽颡:以额触地,表示极度悲痛。此处谓请罪之礼。

⑩充国:即赵充国,西汉大将。宣帝时以功封营平侯。后与羌族作战,在西北屯田,发展农业生产,使羌族败惧。

⑪先零:羌族的一支,又称先零羌,为赵充国所破。

⑫淮泗:淮水与泗水。

⑬徐方:古方国名,故址在今安徽泗县,春秋时为吴国所灭。

⑭东山诗:《诗经·豳风》中之诗,诗中描写战士于归途中对家乡思念和担忧的复杂心情。

魏文帝曹丕像

扬州法曹梅花盛开①

何 逊

兔园标物序②，　　惊时最是梅。
衔霜当路发，　　映雪拟寒开。
枝横却月观，　　花绕凌风台③。
朝洒长门泣④，　　夕驻临邛杯⑤。
应知早飘落，　　故逐上春来⑥。

[作者简介]

何逊（？—518），字仲言，南朝梁东海郯（今山东郯城县西）人。八岁即能诗。官至尚书水部郎。诗与阴铿齐名，世称"阴何"。其诗工于写景与炼字。有集八卷，今不传。明张溥《汉魏百三家集》辑有《何水部集》。

[注释]

①本篇一作《咏早梅》。杜甫《和裴迪登州东亭送客逢早梅相忆见寄》诗云："东阁官梅动诗兴，还如何逊在扬州。"今从《汉魏百三家集·何记室集》题作《扬州法曹梅花盛开》。法曹：汉晋时主管邮递事务的官署。按：六朝时扬州治所乃指建业（今南京），但其后"东阁梅"已成为专咏扬州的故实，故选之。

②兔园：汉梁孝王所筑的园名。标物序：标识时节变迁。

③却月、凌风：当时扬州的台观名。今不存。

④长门：汉宫名。汉武帝陈皇后退居长门宫，愁闷悲思。司马相如曾为她作《长门赋》。帝见而伤之，复得亲幸。

⑤临邛：汉县名，在蜀中。司马相如在临邛饮于卓王孙家，卓女文君夜奔相如。

⑥上春：即孟春，正月。

广陵岸送北使①

阴　铿

行人引去节②，	送客舣归舻③。
即是观涛处，	仍为郊赠衢④。
汀洲浪已息，	邗江路不纡⑤。
亭嘶背枥马⑥，	樯转向风乌⑦。
海上春云杂，	天际晚帆孤。
离舟对零雨⑧，	别渚望飞凫。
定知能下泪，	非但一杨朱。⑨

[作者简介]

　　阴铿（生卒年不详），字子坚，武威姑臧（今甘肃武威）人。在梁曾为湘东王法曹参军，入陈后为始兴王中录事参军，累迁至招远将军、晋陵太守、员外散骑常侍。铿博涉史传，五言诗为时所重，与何逊并称。传诗不多，风格清丽。

[注释]

　　①此诗写诗人在邗沟水边，送别一位身任使节的朋友时的情景和心境。

阴铿《广陵岸送北使》（选自《文苑英华》）

②去节:即将归去的使节。

③舣:使船靠岸。归舻:归舟。

④郊赠衢:指诗人于郊外的路边送友人上船。

⑤邗江:水名,俗称里运河,为京杭大运河最早开凿的区段。纡:曲折。

⑥"亭嘶"句:意谓离开马厩的马在离亭中嘶鸣。

⑦"樯转"句:意谓风乌在桅杆顶上转鸣。风乌,古代测风向的器具,其形似乌。

⑧零雨:小雨,细雨。

⑨"定知"、"非但"两句:以战国时杨朱遇歧路而泣的典故,喻惜别而泣。《荀子·王霸》:"杨朱哭衢途曰:'此夫过举跬步而觉跌千里者夫!'哀哭之。"意谓在十字路口错走半步,到自己感觉到时已经差之千里了,杨朱因此而哭泣。后常用来表示对世道崎岖,担心误入歧途的感伤和忧虑,或在歧路离别的情绪。

江都宫乐歌

杨 广

扬州旧处可淹留①，　　台榭高明复好游。
风亭芳树迎早夏②，　　长皋麦陇送余秋③。
渌潭桂楫浮青雀④，　　果下金鞍跃紫骝⑤。
绿觞素蚁流霞饮⑥，　　长袖清歌乐戏州。

[作者简介]

　　杨广（569－618），一名英，小字阿㦝，隋文帝次子。弘农华阴（今属陕西）人。开皇元年（581）立为晋王，九年（589）徙扬州总管，镇守江都。后以阴谋废太子勇，得立为太子。仁寿四年（604）弑父自立。在位期间，耽奢侈，广土木，筑西苑，造离宫四十余所，开运河，筑长城，穷兵黩武，赋重役繁，民不聊生，遂致各地农民起义前后踵接。大业十二年（616），第三次巡幸江都，沉湎酒色，无意北归，为禁军将领宇文化及等缢杀于宫。谥炀。今存诗四十三首。

[注释]

　　①旧处：曾经居住或到过的地方。犹旧地。淹留：滞留，停留。
　　②风亭：南朝宋徐湛之于广陵城北陂泽之畔更砌风亭月观、吹台琴室，招集文士尽游玩之适，一时之盛也。《太平寰宇记》称"亭观并在宫城东北角池侧"。
　　③长皋：连绵的水田。皋，水田。
　　④渌潭：清澈的水潭。桂楫：以桂木制成的船桨。青雀：船头刻有鹢鸟图像的船，多为贵人所乘。
　　⑤果下：指树下。紫骝：良马名，亦即枣骝马。
　　⑥"绿觞"句：意为盛满美酒的碧玉杯中泛着白色的泡沫。觞，盛酒的杯子。素蚁，比喻泛着白色的酒沫。流霞，泛指美酒。

长干曲①

无名氏

逆浪故相邀②，　　菱舟不怕摇。
妾家扬子住③，　　便弄广陵潮④。

[注释]

①长干曲：乐府杂曲歌辞名。长干，秣陵（今南京）东里巷名。歌辞内容写长干里一带江边妇女的生活感情。唐诗人崔颢有《长干曲》四首，李白有《长干行》二首，皆为抒情名篇。

②逆浪：此句为双关语。原指顶着浪涛而上，亦可将"浪"谐音为"郎"，"逆"作接受解。

③扬子：长江今扬州市仪征、邗江县一带江段，古称扬子江。隋时在今邗江县南设扬子镇，后废镇为县。其地为隋唐以来江滨重要渡口，称扬子津。

④广陵潮：汉时扬州距海不远，且江面宽阔，故潮水甚大。汉枚乘《七发》："将以八月之望……并往观涛乎广陵之曲江。"后即以"广陵涛"称广陵（今扬州）之曲江潮。汉时潮势蔚为壮观，其后势渐减，唐大历后已不见。

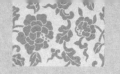

唐 代

天下三分明月夜，
二分无赖是扬州。

——徐凝

春江花月夜①

张若虚

春江潮水连海平，海上明月共潮生。
滟滟随波千万里②，何处春江无月明。
江流宛转绕芳甸③，月照花林皆似霰④。
空里流霜不觉飞，汀上白沙看不见。
江天一色无纤尘，皎皎空中孤月轮。
江畔何人初见月？江月何年初照人？
人生代代无穷已，江月年年只相似。
不知江月待何人，但见长江送流水。
白云一片去悠悠，青枫浦上不胜愁⑤。
谁家今夜扁舟子？何处相思明月楼？
可怜楼上月徘徊，应照离人妆镜台。
玉户帘中卷不去，捣衣砧上拂还来。
此时相望不相闻，愿逐月华流照君。
鸿雁长飞光不度，鱼龙潜跃水成文⑥。
昨夜闲潭梦落花，可怜春半不还家。
江水流春去欲尽，江潭落月复西斜。
斜月沉沉藏海雾，碣石潇湘无限路⑦。
不知乘月几人归，落月摇情满江树。

[作者简介]

　　张若虚（约660－约720），扬州人。曾官兖州兵曹。工诗，与贺知章、张旭、包融齐名，号"吴中四士"。诗仅存二首，然《春江花月夜》却有"孤篇压全唐"之称。

春江潮水连海平,海上明月共潮生。滟滟随波千万里,何处春江无月明。江流宛转绕芳甸,月照花林皆似霰。空里流霜不觉飞,汀上白沙看不见。江天一色无纤尘,皎皎空中孤月轮。江畔何人初见月?江月何年初照人?人生代代无穷已,江月年年望相似。不知江月待何人,但见长江送流水。白云一片去悠悠,青枫浦上不胜愁。谁家今夜扁舟子?何处相思明月楼?可怜楼上月徘徊,应照离人妆镜台。玉户帘中卷不去,捣衣砧上拂还来。此时相望不相闻,愿逐月华流照君。鸿雁长飞光不度,鱼龙潜跃水成文。昨夜闲潭梦落花,可怜春半不还家。江水流春去欲尽,江潭落月复西斜。斜月沉沉藏海雾,碣石潇湘无限路。不知乘月几人归,落月摇情满江树。

唐张若虚《春江花月夜》 辛卯桐月 雪庐

何雪庐行书《春江花月夜》

[注释]

①春江花月夜:乐府吴声歌曲名,相传为陈后主所创。本篇虽为拟题之作,但已脱离宫庭诗的堆砌绮靡之风,极写民间男女的相思离别之情,颇具生活气息,又蕴哲理内涵。所写滨江月色之美妙,当是唐代扬州南郊曲江一带或扬子津渡口地段春夜景色的艺术再现。

②滟滟:水光。南朝梁何逊诗:"的的与沙静,滟滟逐波轻。"

③芳甸:长满芳草的郊野。南朝齐谢朓诗:"喧鸟覆春州,杂英满芳甸。"

④霰:雪珠。

⑤青枫浦:长满枫树的水边。

⑥"鸿雁"、"鱼龙"两句:写月光的普照与深照。首句言鸿雁虽能远飞,但也难以逾越月光的照耀。次句言江水虽深,但水底的鱼龙也因月光照射而浮沉跃动。

⑦碣石:山名,在今河北省。潇湘:水名,在今湖南省。此处以碣石代表北方,潇湘代表南方,表示离人相距之远。

宿桐庐江寄广陵旧游①

孟浩然

山暝听猿愁②，　　沧江急夜流③。
风鸣两岸叶，　　月照一孤舟。
建德非吾土④，　　维扬忆旧游⑤。
还将两行泪，　　遥寄海西头⑥。

[作者简介]

孟浩然（689－740），襄阳（今属湖北）人。早年曾隐居故乡石门山，壮岁漫游吴越。年四十，乃游京师，与张九龄、韩朝宗等达官显宦往还，亦与王维、李白、王昌龄相酬唱。因吟诗为唐玄宗不喜而放还，布衣而终。为唐代著名致力于山水诗的诗人。有《孟浩然集》。

[注释]

①桐庐江：即桐江，在今浙江桐庐县境内。旧游：故交，老朋友。

②山暝：山被暮色笼罩。暝，昏暗。

③沧江：同苍江。因江水呈青苍之色，故称。

④建德：唐代睦州的州治，今属浙江，在桐庐江的上游。非吾土：不是家乡本土。语出三国王粲《登楼赋》："虽信美而非吾土兮，曾何足以少留！"

⑤维扬：旧扬州府的别称。《书·禹贡》："淮海惟扬州。""惟"通"维"。庾信《哀江南赋》："淮海维扬，三千余里。"

⑥海西头：指扬州。扬州东滨大海，故称海西头。见隋炀帝《泛龙舟歌》："借问扬州在何处，淮南江北海西头。"

客 广 陵

王昌龄

楼头广陵近,　　九月在南徐①。
秋色明海县②,　　寒烟生里闾③。
夜帆归楚客④,　　昨日度江书。
为问易名叟⑤,　　垂纶不见鱼。

[作者简介]

王昌龄(698—756),字少伯,京兆长安(今陕西西安)人。开元十五年(727)进士,历任汜水尉、校书郎,谪岭南。北还后又于开元末贬江宁县丞,天宝七年(748)再贬龙标尉,世称王江宁或王龙标。安史乱起,被刺史闾丘所杀。存诗一百八十余首。王昌龄擅长七绝,气势雄浑,语言凝炼。明人辑有《王昌龄集》。

[注释]

①南徐:东晋侨置徐州于京口城,南朝宋改称南徐,即今江苏省镇江市。历齐、梁、陈,至隋开皇年间废。
②海县:指神州,中国。《乐府诗集·燕射歌辞三·隋宴群臣登歌》:"皇明御历,仁深海县。"
③里闾:里巷;乡里。《古诗十九首·去者日以疏》:"思还故里闾,欲归道无因。"
④楚客:泛指客居他乡的人。
⑤易名叟:指东汉高士严光,少时曾与光武帝刘秀同游学。秀称帝,光变姓名隐遁。秀派人觅访,征召至京,授谏议大夫,不受,退隐于浙江富春山,钓鱼取乐。

黄鹤楼送孟浩然之广陵

李　白

故人西辞黄鹤楼①，烟花三月下扬州②。
孤帆远影碧空尽，唯见长江天际流。

[作者简介]

　　李白（701－762），唐代大诗人，字太白，号青莲居士。自称祖籍陇西，隋末随其先人流寓碎叶（今中亚地区），幼时随父迁绵州昌隆（今四川江油）青莲乡。天宝初曾供奉翰林。安史之乱中，曾为永王李璘幕僚，璘败，受牵连流放夜郎，后遇赦东还。卒于安徽当涂。诗风雄奇豪放，语言清丽自然。有《李太白集》。

李白像

[注释]

　　①黄鹤楼：故址原在湖北武汉南岸蛇山之黄鹄矶上，滨临长江。据古代传说，昔有仙人子安乘黄鹤过此，故名。楼始建于三国吴黄武二年（223），历代屡毁屡建。中华人民共和国成立后，因兴建武汉长江大桥，楼被拆除，1981年重建，后移之蛇山主峰，1985年竣工。为武汉名胜。
　　②烟花：泛指绮丽的春景。杜甫《清明》诗之二："秦城楼阁烟花里，汉主山河锦绣中。"其意相同。

秋日登扬州栖灵塔[①]

李 白

宝塔凌苍苍[②]，　　登攀览四荒[③]。
顶高元气合[④]，　　标出海云长[⑤]。
万象分空界，　　三天接画梁[⑥]。
水摇金刹影[⑦]，　　日动火珠光[⑧]。
鸟拂琼檐度[⑨]，　　霞连绣栱张。
目随征路断，　　心逐去帆扬。
露洗梧楸白，　　霜催橘柚黄。
玉毫如可见[⑩]，　　于此昭迷方[⑪]。

[注释]

①栖灵塔：隋仁寿元年（601），隋文帝为自寿，于扬州蜀冈之大明寺（即栖灵寺）内建栖灵塔以藏佛骨。塔高九层，被誉为"中国之尤峻特者"。唐诗人李白、高适、刘长卿、刘禹锡、白居易等均曾登临赋诗。唐会昌三年（843）塔遭焚毁。北宋景德元年（1004），可政和尚重建，后又倾圮。此后屡有重建之议而不果，仅于寺前立"栖灵遗址"横额牌坊以记。1987年扬州市人民政府及扬州宗教局筹建栖灵塔，1995年12月竣工。塔共九层，高七十三米，仿唐代建筑风格。栖灵新塔高耸于蜀冈之上，轮廓雄伟壮观，现为扬州著名胜景。

②苍苍：深青色的天空。

③四荒：四方荒远之地。

④元气：指天地未分前的混一之气。

⑤"标出"句：谓塔顶高耸于云海之上。

⑥三天：泛指高空。

⑦金刹：宝塔的美称。刹，此处指塔。

法净寺,即唐栖灵寺(选自《南巡盛典》)

⑧火珠:宫殿、塔庙等建筑物正脊上作装饰用的宝珠,有两焰、四焰、八焰等不同形式。宋以后多改用瓦作。

⑨琼檐:玉饰的屋檐。

⑩玉毫:佛家语,即佛光。

⑪迷方:佛家语,指令人迷惑的境界;迷津。

登广陵栖灵寺塔①

高 适

淮南富登临，兹塔信奇最。
直上造云族②，凭虚纳天籁③。
迥然碧海西，独立飞鸟外。
始知高兴尽，适与赏心会。
连山黯吴门④，乔木吞楚塞⑤。
城池满窗下，物象归掌内⑥。
远思驻江帆，暮情结春霭⑦。
轩车疑蠢动⑧，造化资大块⑨。
何必了无身⑩，然后知所退。

[作者简介]

高适（702－765），字达夫，一字仲武，渤海蓨（今河北景县南）人。性落拓不拘小节，以"求丐自给"，长期浪游梁、宋（今河南开封、商丘）一带。经人荐举，中"有道科"，授封丘尉。后投奔哥舒翰，掌书记，擢谏议大夫。安史之乱后出为蜀、彭二州刺史，迁西川节度使，还为刑部侍郎，封渤海县侯。有《高常侍集》。

[注释]

①此诗作于唐肃宗至德二年（757）春，其时高适任淮南节度使。

②"直上"句：意谓拜访云层集结之处。造，拜访。

③天籁：发于大自然的音响，如虫吟鸟鸣、水流山崩、风号林啸之声等等。

④吴门：古吴国一带。

⑤楚塞：古楚国的边塞。

栖灵塔新姿

⑥物象：此处指景物、风景。

⑦暮情：迟暮之情。

⑧"轩车"句：谓望轩车如见小虫之蠕动，可见登塔眺望之远。轩车，有屏障的车，古代大夫以上官员所乘。后亦泛指车。蠢动，虫类蠕动的样子。

⑨"造化"句：意谓是大自然造就了这个世界。造化，自然界的创造者，亦指自然。大块，指大地。

⑩了无身：谓觉悟人生真谛，通达事理。

解闷十二首(选一)

杜 甫

商胡离别下扬州①,　　忆上西陵故驿楼②。
为问淮南米贵贱③,　　老夫乘兴欲东游。

[作者简介]

杜甫(712-770),字子美,祖籍襄阳,后徙居巩县(今属河南)。少时南游吴越,北游齐赵,过着"裘马颇清狂"的生活。举进士不第,困顿十年,才获得右卫率府胄曹参军的小官。安史之乱起,为叛军所困,脱险后走凤翔上谒,拜左拾遗,不久又被贬为华州司功参军。弃官客秦州,流落剑南,定居于成都浣花溪畔。曾在西川节度使严武幕中任职,官参谋,受荐为检校工部员外郎。严武死,甫携家出蜀,漂泊鄂、湘间,后死于赴郴州途中。有《杜少陵集》。

[注释]

①商胡:胡商,经商的胡人。唐代扬州商业繁盛,西域和阿拉伯一带的商人常聚集于此贸易。通称"胡商"。
②西陵故驿楼:西陵城在浙江萧山县西,旧有驿楼,为杜甫青年时代漫游之处。
③淮南:淮河以南。唐设淮南道,治所在扬州。后常作扬州的代称。

春草宫怀古①

刘长卿

君王不可见②，　芳草旧宫春。
犹带罗裙色③，　青青向楚人④。

[作者简介]

刘长卿(709－约786)，字文房，河间(今属河北)人。开元二十一年(733)进士。曾任监察御史、转运使判官，因刚直多忤，贬潘州南巴尉。转睦州司马，官终随州刺史。尤善五言，气韵流动，音调和谐，有"五言长城"之称。有《刘随州集》。

[注释]

①春草宫：隋炀帝时建造的十宫之一，故址位于今扬州城北长阜苑内。其宫穷极侈丽，今不存。

②君王：指隋炀帝。

③罗裙：古代妇女穿的绿色丝裙。此处喻草色。

④楚人：指当地人，江都古时属楚。

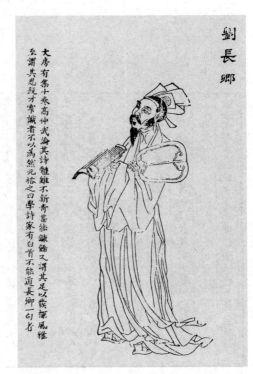

刘长卿像

秋日登吴公台上寺远眺①

刘长卿

古台摇落后，　　秋入望乡心。
野寺来人少，　　云峰隔水深。
夕阳依旧垒，　　寒磬满空林。
惆怅南朝事②，　长江独至今。

[注释]

①吴公台：诗题原注："寺即陈将吴明彻战场。"故址在今扬州城西北两公里处，原为南朝沈庆之所筑弩台，后陈将吴明彻于此抗击北齐，重加修筑，故称"吴公台"。今已不存。

②南朝：指在南方立国的宋、齐、梁、陈四朝。

四库全书本《刘随州集》书影

送子婿崔真甫、李穆往扬州四首(选二)①

刘长卿

渡口发梅花，　　山中动泉脉②。
芜城春草生，　　君作扬州客。

半逻莺满树③，　　新年人独还。
落花逐流水，　　共到茱萸湾④。

[注释]

①刘长卿的大女儿嫁给崔真甫，次女嫁给扬州人李穆。此诗当作于唐德宗兴元元年(784)与贞元元年(785)之间，即贞元元年秋刘长卿入淮南幕之前。

②泉脉：地下伏流的泉水。如人体之脉络，故称。

③半逻：地名，位于扬州城东北一十八里处的邗沟之侧。系刘长卿寄家之地。

④茱萸湾：今称湾头，位于今扬州城东北约六公里处，京杭大运河东岸。因自古地多茱萸树，故名。茱萸湾素有扬州东大门之称，为北船南下之通道。绿水环抱，景色秀丽，辟有茱萸湾公园，甚多野趣。

初发扬子,寄元大校书①

韦应物

凄凄去亲爱,　　泛泛入烟雾。
归棹洛阳人②,　残钟广陵树。
今朝此为别,　　何处还相遇?
世事波上舟,　　沿洄安得住③?

[作者简介]

韦应物(737—约789),京兆长安(今陕西西安)人,出身关中望族。唐玄宗时,曾在宫庭中任侍卫(三卫郎),安史之乱后始折节读书,应举中进士。历任滁州、江州、苏州刺史,人称"韦苏州"。其诗风格淡远,意趣天然。有《韦苏州集》。

[注释]

① 扬子:指扬子津,在长江北岸。校书:官名,职掌校理典籍之事。诗人在广陵与朋友元大分别后于扬子津出发回洛阳。

② 归棹:归舟。

③ 沿洄:顺流而下叫"沿",逆流而上叫"洄"。此句言世事如波上之舟,飘浮不定。

韦应物像

汴河曲

李 益

汴河东流无限春①，　　隋家宫阙已成尘②。
行人莫上长堤望，　　风起杨花愁杀人。

[作者简介]

李益(748—827)，字君虞，陇西姑臧(今甘肃武威)人。大历四年(769)进士，曾任郑县尉，又为幽州节度使刘济从事。唐宪宗知其诗名，任为秘书少监，官至礼部尚书。善写边塞词，尤工七绝。有《李君虞诗集》。

[注释]

①汴河：隋大业元年(605)，隋炀帝发河南、淮北百余万人开通济渠，自西苑引谷、洛二水达于黄河，复自板渚(今河南汜水东北)引黄河水通淮河，又发淮南民夫十余万拓宽并展直邗沟故道，自山阳(今江苏淮安)至扬子(今江苏仪征东南十五里)入江，渠广四十步，两旁筑御道，植以柳，使御舟可由洛阳西苑直达扬州。后人乃将隋炀帝所筑之运河通称汴河，其堤称隋堤。

②隋家宫阙：指隋炀帝在江都(今扬州)所建宫室。其中有城西七里大仪乡内的江都宫；城北五里长阜苑内的归雁、回流、松林、枫林、大雷、小雷、春草、九华、光汾、九里等十宫；城南十五里扬子津的临江宫；城北五里之炀帝宫；又在城西北建筑新宫，名"迷楼"。另又在江都宫西北筑隋苑(一名上林苑)，隋苑西南建萤苑。今俱不存。

夜看扬州市

王 建

夜市千灯照碧云, 高楼红袖客纷纷①。
如今不是时平日②, 犹自笙歌彻晓闻。

[作者简介]

王建(约765－约830),字仲初,颖州(今河南许昌)人,大历进士,曾任县丞、侍御史等官,后任陕州司马。其乐府和张籍齐名,称"张王乐府"。为中唐七绝的代表作家之一,其宫词百首尤脍炙人口。有《王司马集》。

[注释]

①红袖:这里代指妇女。
②时平:承平之日。

广 陵 诗

权德舆

广陵实佳丽，　　　隋季此为京。
八方称辐辏①，　　五达如砥平②。
大舫映空色③，　　笳箫发连营④。
层台出重霄，　　　金碧摩颢清⑤。
交驰流水毂⑥，　　迥接浮云甍⑦。
青楼旭日映，　　　绿野春风晴。
喷玉光照地⑧，　　鬈娥价倾城⑨。
灯前互巧笑，　　　陌上相逢迎。
飘摇翠羽薄，　　　掩映红襦明。
兰麝远不散，　　　管弦闲自清。
曲士守文墨⑩，　　达人随性情⑪。
茫茫竟同尽，　　　冉冉将何营？
且申今日欢，　　　莫务身后名。
肯学诸儒辈，　　　书窗误一生。

[作者简介]

权德舆（759-818），字载之，天水略阳（今甘肃秦安东北）人。四岁能诗，十五岁为文数百篇。贞元八年（792），德宗闻其才，召为太常博士，转左补阙，迁中书舍人。宪宗元和五年（810）拜相，官终山南西道节度使。工五言诗。有《权文公集》。

[注释]

①辐辏：车轮之辐条聚集于轴心，比喻广陵居于中心地位。
②五达：通达五方的大路。后泛指四通八达的大道。砥：磨刀石。

③"大旆"句:意为各种颜色的旗帜在空中飘展,分外耀眼。大旆,大旗。旆,旗帜的通称。

④笳箫:兵营中的乐器。

⑤"金碧"句:谓金碧辉煌的建筑物上摩穹苍,高接天风。颢清,即颢气,九霄之上的清新洁白盛大之气。

⑥流水毂:谓车如流水交驰而过。

⑦"迥接"句:言高远处浮云轻抚屋脊。迥,高远。甍,屋脊。

⑧喷玉:原指良马嘘气或鼓鼻时所喷散出的泡沫,形容骏马之矫健。后借喻人的才智不凡。此句谓广陵才俊之士光照大地。

⑨嫠娥:美女。

⑩曲士:乡曲之士。喻孤陋寡闻的人。

⑪达人:通达事理、道法自然的人。

题惠昭寺木兰院二首①

王 播

二十年前此院游， 木兰花发院新修。
如今再到经行处， 树老无花僧白头。

上堂已了各西东②， 惭愧阇黎饭后钟③。
二十年来尘扑面， 如今始得碧纱笼。

[作者简介]

王播(759—830)，字明敭，其先为太原(今属山西)人，因其父王恕为扬州仓曹参军，遂定居扬州。贞元进士，官诸道盐铁转运使。穆宗时，累进中书侍郎，同平章事，并出任剑南西川节度使、淮南节度使。在淮南节度使任上，曾于扬州开七里港河，通城内旧官河以利航运。

[注释]

①惠昭寺木兰院：惠昭寺一名慧照寺，唐乾元年间改名木兰院。唐开成三年(838)，得古佛舍利，于寺内建石塔藏之，又改名石塔寺。寺原在扬州西门外，后迁至城内，现邗江招待所为其旧址。石塔迄今仍保存完好，矗立于邗江招待所前石塔路的中央。据《唐摭言》和民间传说，王播少孤贫，就食于惠昭寺木兰院，随僧众听钟声就餐，久之，为寺僧所厌恶。一日，众僧开饭后敲钟，待王播赶到，僧众已经餐毕，使王播非常难堪，乃题诗两句于寺壁而去。其诗即第二首的前二句。二十年后，王播以淮南节度使高位重访木兰院，看到他昔年所题诗已被碧纱笼罩，乃续前诗二句及新作一首，成二绝句如上。对王播富贵后题诗嘲寺僧世态炎凉，宋苏轼颇不以为然，特作诗反其意。他认为石塔寺和尚实乃独具慧眼者，他

木兰院古石塔

们看出王播非久居人下者,如果不有意激励一番,也许会成为庸人,故敲饭后钟以刺之。今全录于此,供读者参照:《石塔寺并引·世传王播饭后钟诗,盖扬州石塔寺事也。相传如此,戏作此诗》:"饥眼眩东西,诗肠忘早晏。虽知灯是火,不悟钟非饭。山僧异漂母,但可供一莞。何为二十年,记忆作此讪?斋厨养若人,无益只贻患。乃知饭后钟,阇黎盖具眼。"

②上堂:佛教凡讲经说法或吃粥饭而上法堂,都叫上堂。

③阇黎:梵语,僧徒之师。此处指僧众。

酬乐天扬州初逢席上见赠[①]

刘禹锡

巴山楚水凄凉地,　　二十三年弃置身[②]。
怀旧空吟闻笛赋[③],　到乡翻似烂柯人[④]。
沉舟侧畔千帆过,　　病树前头万木春[⑤]。
今日听君歌一曲,　　暂凭杯酒长精神[⑥]。

[作者简介]

　　刘禹锡(772-842),字梦得,洛阳(今属河南)人。贞元九年(793)进士,官监察御史。因参加王叔文集团,反对宦官和藩镇割据势力,被贬为朗州(今湖南常德)司马,后又任连州、夔州、和州等州刺史,官至检校礼部尚书兼太子宾客。其诗通俗清新,《竹枝词》、《柳枝词》等富有民歌特色。有《刘宾客集》。

[注释]

　　①唐敬宗宝历二年(826)冬,刘禹锡从和州被征还京,和白居易(乐天)在扬州相遇。白居易有《醉赠刘二十八(禹锡)使君》诗七律一首,本篇为答白诗之作。

　　②"二十三年"句:刘禹锡于唐宪宗永贞元年(805)被贬出京后,在朗州、夔州等地任地方官。这些地方或属楚,或属蜀,长达二十二年,预计到京城将进入二十三个年头,故有此说。

　　③"怀旧"句:此句感叹朋友之凋零。闻笛赋,晋人向秀经过亡友嵇康、吕安的旧居,闻邻人吹笛,感音声之悲楚,因而写了一篇《思旧赋》。

　　④烂柯人:事见《述异记》:晋王质上山砍柴,逢二童子弈棋,与质一物,食之不饥,置斧其侧,坐而观棋。待棋终局,斧头柄已经烂了。下山回村,才知道已过去百年,同时人都已死尽,见不到熟人

了。作者以王质自比,感叹回乡后可能已无人能识了。

⑤"沉舟"、"病树"两句:白居易赠诗有"举眼风光长寂寞,满朝官职独蹉跎"之语。作者以此两句回答,虽自比"沉舟"、"病树",但并不消极,认为个人的沉滞不足为怀,事物总是要发展前进的。

⑥"暂凭"句:这是应对白居易诗首联"为我引杯添酒饮,与君把箸击盘歌"的答句,表示要借酒振作精神。

同乐天登栖灵寺塔[①]

刘禹锡

步步相携不觉难, 九层云外倚栏干。
忽然笑语半天上, 无数游人举眼看。

[注释]

①乐天:白居易字。栖灵寺塔:位于扬州蜀冈大明寺内。

刘禹锡像

与梦得同登栖灵寺塔

白居易

半月腾腾在广陵①,　　何楼何塔不同登。
共怜筋力犹堪任,　　上到栖灵第九层。

[作者简介]

　　白居易(772－846),字乐天,号香山居士,其先为太原人,后徙下邽(今陕西渭南)。贞元十六年(800)进士,补校书郎,迁左拾遗。后贬江州司马,累迁杭州、苏州刺史,又内召任太子宾客分司东都、太子少傅等职,以刑部尚书致仕。其诗深入浅出,平易通俗,"老妪都解"。有《白氏长庆集》。

[注释]

　　①腾腾:指奔忙不闲的样子。

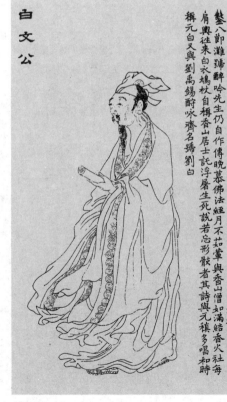

白居易像

长相思

白居易

汴水流①,泗水流②。流到瓜洲古渡头③,吴山点点愁④。思悠悠,恨悠悠。恨到归时方始休,月明人倚楼。

[注释]

①汴水:即隋炀帝所开之汴河。

②泗水:古水名。发源山东泗水县陪尾山,因其四源合为一

瓜洲夜泊(选自《泛槎图》)

水,故名。古泗水流经山东曲阜鱼台、江苏徐州,至洪泽湖畔龙集附近入淮河,后故道为黄河夺占而淤废。

③瓜洲古渡头:位于扬州市南十五公里古运河入长江处,与镇江市相对。本为江中沙洲,沙渐长,其形如瓜,故名。古时为重要渡口,后坍入江中。今瓜洲镇尚有瓜洲古渡。

④吴山:此处泛指江南诸山。

宫人斜[①]

窦 巩

离宫路远北原斜, 生死恩深不到家。
云雨今归何处去[②]? 黄鹂飞上野棠花[③]。

[作者简介]

窦巩(772-831),字友封,京兆金城(今陕西兴平)人。元和二年(807)进士,官渭州从事。入朝为侍御使、刑部郎中,后为武昌节度使元稹副使。有《窦氏联珠集》。

[注释]

①宫人斜:又名玉钩斜,在扬州市西门外吴公台下,相传为隋炀帝埋葬宫女之处。斜,山之坡面处。

②云雨:恩泽。

③野棠:果木名,即棠梨。二月开白花,结实如小楝子大小,霜后可食。

宿扬州

李 绅

江横渡阔烟波晚, 潮过金陵落叶秋。
嘹唳塞鸿经楚泽①, 浅深红树见扬州。
夜桥灯火连星汉②, 水郭帆樯近斗牛③。
今日市朝风俗变④, 不须开口问迷楼⑤。

[作者简介]

李绅(772-846),字公垂,无锡(今属江苏)人,原籍亳州(今属安徽)。元和元年(806)进士,擢翰林学士,累官至右仆射、门下侍郎,后出任淮南节度使。卒谥文肃。早年所作古风《悯农》二首为后世传诵。有《追昔游诗》三卷。

[注释]

①嘹唳:雁鸣声。楚泽:扬州附近的沼泽、湖泊。
②星汉:银河。
③斗牛:二十八宿中的斗宿和牛宿。此处泛指天上的星斗。
④市朝:众人会集之所。此处代指扬州。
⑤迷楼:隋炀帝于扬州城西北所建之宫殿。其楼阁"幽房曲室,玉栏朱楯,互相连属,回环四合,曲屋自通……人误入者,虽终日不能出"。故名之曰"迷楼"。

扬州春词三首

姚 合

广陵寒食天①,　　无雾复无烟。
暖日凝花柳,　　　春风散管弦。
园林多是宅,　　　车马少于船。
莫唤游人住,　　　游人困不眠。

满郭是春光,　　　街衢土亦香。
竹风轻履舄②,　　花露腻衣裳。
谷鸟鸣还绝,　　　山夫到更狂③。
可怜游赏地,　　　炀帝国倾亡。

江北烟光里④,　　淮南胜事多⑤。
市廛持烛入⑥,　　邻里漾船过。
有地唯栽竹,　　　无家不养鹅。
春风荡城郭,　　　满耳是笙歌。

[作者简介]

　　姚合(生卒年不详),陕州(今河南陕县)人。宰相姚崇的曾孙。唐宪宗元和十一年(816)进士。初授武功(今属陕西)主簿。宝历中,任监察御史,迁户部员外郎,出为荆、杭二州刺史。后被召入京,任刑部郎中、谏议大夫、给事中,官终秘书少监。有《姚少监集》。

[注释]

　　①寒食:清明前一日为寒食节。昔春秋时晋国介之推辅佐重耳(晋文公)回国后,隐于山中,重耳乃命人烧山逼其出见,之推抱

桃花坞(刘茂吉绘《扬州画舫录》插图)

树而亡。文公为示纪念,禁止在之推死日生火煮食,只吃冷食,后相沿成习。

②履舄:履,单底的鞋子;舄,复底而着木者。

③山夫:山野之人,山民。

④烟光:春天的风光。

⑤胜事:美好的事情。

⑥市廛:市中店铺。

寻人不遇

贾岛

闻说到扬州,　　吹箫有旧游。
人来多不见,　　莫是上迷楼①。

[作者简介]

　　贾岛(779-843),字浪仙,一作阆仙,范阳(今河北涿县)人。早年屡试不第,出家为僧,法名无本。后还俗。五十九岁时坐罪贬长江(今四川蓬溪)主簿。后迁普州司仓参军。其诗清淡朴素。有《长江集》。

[注释]

　　①迷楼:隋炀帝于扬州城西北所建之宫殿。

贾岛像

忆 扬 州

徐 凝

萧娘脸下难胜泪①,　　桃叶眉头易得愁②。
天下三分明月夜,　　二分无赖是扬州③。

[作者简介]
　　徐凝(生卒年不详),睦州(今浙江建德)人,约唐宪宗元和年间在世,与韩愈、白居易、元稹等有交往。一度曾客游扬州。归里后优游诗酒而终。《全唐诗》存其诗一卷。

[注释]
　　①萧娘:妇女的泛称。此处指青楼女子。
　　②桃叶:晋代王献之的爱妾。此处亦代指青楼女子。
　　③无赖:可爱、可喜意。陆游诗:"江水不胜绿,梅花无赖香。"

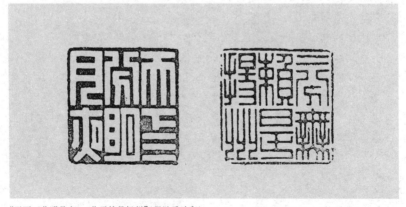

"天下三分明月夜,二分无赖是扬州"(程继兵治印)

纵游淮南

张　祜

十里长街市井连①，　　月明桥上看神仙②。
人生只合扬州死，　　禅智山光好墓田③。

[作者简介]

　　张祜（生卒年不详），字承吉，南阳（今属河南）人。元和、长庆中，为令狐楚所知。祜自书荐表，录所作诗三百首进献，希望能在中书门下供职，但为元稹所抑，遂失意而归，以处士终身。其七绝成就较高。《全唐诗》存其诗一卷。

[注释]

　　①十里长街：指当时扬州城内最繁华的一条大街。据《唐阙史》记载："扬州胜地也，每重城向夕，倡楼之上，常有绛纱灯万数，辉罗耀烈空中。九里三十步街中，珠翠填咽，邈若仙境。"十里取其约数，所指即九里三十步街。
　　②月明桥：在禅智寺前，今不存。神仙：此处指妓女。
　　③"禅智"句：禅智、山光，皆寺名。禅智寺，一名上方寺，亦称竹西寺，在扬州东北五里，地居蜀冈上，寺本隋炀帝故宫，后施舍为寺。山光寺，原称果胜寺，在扬州东北湾头镇前，古运河之滨，隋大业中建。原为隋炀帝行宫，后舍宫为寺。今不存。二寺所在地山光水色，风景绝佳，宜作墓地，故有此说。

汴河亭①

许 浑

广陵花盛帝东游②,　先劈昆仑一派流③。
百二禁兵辞象阙④,　三千宫女下龙舟⑤。
凝云鼓震星辰动⑥,　拂浪旗开日月浮⑦。
四海义师归有道⑧,　迷楼还似景阳楼⑨。

[作者简介]

许浑(生卒年不详),字用晦,丹阳(今属江苏)人,约唐武宗会昌前后在世。大和六年(832)进士,官监察御史,后出为睦、郢二州刺史。其诗圆润工整,为时所重。

[注释]

①汴河亭:汴河即隋炀帝所筑通济渠及拓宽展直的邗沟水道的通称。汴河亭,筑于汴河边的亭子。

②"广陵"句:指大业元年(605)隋炀帝御舟驾幸江都事。

③"先劈"句:意谓将从昆仑山上流下的黄河分引凿渠。

④"百二"句:意谓秦地险固,二万兵足当诸侯百万之众。《史记·高祖本纪》:"秦,形胜之国,带河山之险,县(悬)隔千里,持戟百万,秦得百二焉。"百二禁兵,指隋炀帝的禁兵。象阙,宫门外悬教令之所,亦称象魏。

⑤"三千"句:云有三千宫女随皇帝乘龙舟南下。

⑥"凝云"句:意谓鼓声响亮,阻遏行云。

⑦"拂浪"句:意谓旌旗拂过水面,日月也随之浮沉。

⑧"四海"句:意谓天下的义兵群归于唐,隋炀帝终于亡国。

⑨"迷楼"句:意谓隋炀帝造的迷楼和陈后主享乐的景阳宫一样没有好结果。景阳楼,南朝陈景阳宫中的楼阁。

扬州三首

杜 牧

炀帝雷塘土①，迷藏有旧楼②。
谁家唱水调③，明月满扬州。
骏马宜闲出，千金好暗游④。
喧阗醉年少，半脱紫茸裘⑤。

秋风放萤苑⑥，春草斗鸡台⑦。
金络擎雕去⑧，鸾环拾翠来⑨。
蜀船红锦重⑩，越橐水沉堆⑪。
处处皆华表，淮王奈却回。⑫

街垂千步柳，霞映两重城⑬。
天碧台阁丽，风凉歌管清。
纤腰间长袖，玉佩杂繁缨⑭。
掩轴诚为壮⑮，豪华不可名。
自是荒淫罪，何妨作帝京？

[作者简介]

杜牧（803－852），字牧之，京兆万年（今陕西西安）人。文宗太和二年（828）进士。牛僧孺节度淮南，杜牧于大和七年（833）来到扬州为节度府掌书记，九年（835）方离开扬州，与扬州关系密切。后历任黄州、池州、睦州刺史，也在朝中做过司勋员外郎、中书舍人等官。其诗豪健跌宕，意境深远，风格多样。七绝格调响亮，情致豪迈，有类杜甫，故有"小杜"之称。有《樊川文集》。

[注释]

①雷塘土：雷塘位于扬州城北十里。原有湖泊，汉代称雷陂，唐称雷塘。隋炀帝陵墓在此，今犹存，现经整修，为扬州北郊名胜。

②旧楼：指迷楼。

③水调：原注："炀凿运河，自造水调。"

④暗游：夜游。

⑤紫茸裘：细软的毛皮衣。

⑥萤苑：隋炀帝曾在城西北丘陵地带的大仪乡建萤苑，凡夏秋夜出游山，常"征求萤火数斛"，放之以为乐。

⑦斗鸡台：即吴公台。

⑧金络：又名金络索，系雕用的金链子。

⑨鸾环：用翠鸟羽毛做成的环形饰物。拾翠：拾取翠鸟的羽毛。

⑩红锦：成都所产的红色织锦。

⑪"越橐"句：谓从南方运来的沉香袋子多得成了堆。越橐，汉代陆贾出使南越，南越王赵佗送给他一个袋子，内装珍奇宝物。后泛指贮藏宝物的袋子。水沉，木名，即沉香。

⑫"处处"、"淮王"两句：意为扬州到处都是好地方，淮王仙去为什么不化鹤回来看看呢？华表，古代立于宫殿、城垣或陵墓前的石柱。据《搜神后记》，汉代丁令威学道成仙后，化鹤归乡，停在故乡城门的华表柱上。淮王，指淮南王刘安。传说刘安曾随八位神仙白日升天。

⑬两重城：唐时扬州蜀冈之上为子城，冈下为罗城，故曰"两重"。

⑭繁缨：络马的带饰。

⑮"柂轴"句：意谓以漕渠(指运河)沟通天下，以昆仑山的余脉蜀冈作为扬州城的轴心，这城市确实是够雄壮的。柂，沟通、引导意；轴，轴心或枢要。鲍照《芜城赋》："柂以漕渠，轴以昆冈"。

寄扬州韩绰判官①

杜 牧

青山隐隐水迢迢,　　秋尽江南草木凋。
二十四桥明月夜②,　　玉人何处教吹箫③?

[注释]

①杜牧曾于大中二年(848)八月由睦州(今浙江建德)赴京就职,路过金陵,"厌江南之寂寞,思扬州之欢娱",想念在扬州作淮南节度使判官的好友韩绰,故作此诗寄之。

②二十四桥:据宋沈括《梦溪补笔谈》记载,唐时扬州繁盛,城南北十五里一百一十步,东西七里三十步,有桥二十四座。沈括并记其桥名。一说"二十四桥"即为桥名,清李斗《扬州画舫录》称:廿四桥即吴家砖桥,一名红药桥,出西郭二里许即至。清吴绮《扬州鼓吹词》序称,此地相传为二十四桥旧址,曾集二十四美人于此吹箫,故名。今二十四桥重建于扬州瘦西湖熙春台东北侧。

③玉人:容貌秀丽的人。此处指韩绰。

"二十四桥明月夜,玉人何处教吹箫"(蒋永义治印)

赠别二首①

杜 牧

娉娉袅袅十三余②,　豆蔻梢头二月初③。
春风十里扬州路④,　卷上珠帘总不如。

多情却似总无情,　惟觉樽前笑不成。
蜡烛有心还惜别,　替人垂泪到天明。

[注释]

①此是大和九年(835)杜牧由淮南节度府掌书记升监察御使,离扬州赴京城长安与青楼姑娘赠别的作品。时杜牧三十三岁。唐人小说记载,杜牧任淮南节度府掌书记时,"供职之外,惟以宴游为事"。每到夜晚,即出入于倡寮酒馆,使得牛僧孺不得不暗地派人保护。

②娉娉袅袅:体态轻盈的样子。

③豆蔻:草本植

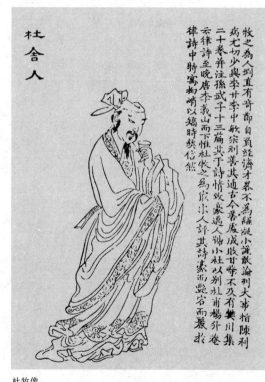

杜牧像

物,其花淡红鲜妍。二月初豆蔻花尚未大开,借比十三四岁少女。

④十里扬州路:指唐时横贯扬州城的"九里三十步街",十里取其约数。

遣 怀

杜 牧

落魄江湖载酒行①，　　楚腰纤细掌中轻②。
十年一觉扬州梦③，　　赢得青楼薄幸名④。

[注释]

①落魄：倒霉不得志。

②"楚腰"句：楚腰，指女子的细腰。古时楚灵王好细腰，故称。掌中轻，汉成帝的皇后赵飞燕体态轻盈，能在掌上舞。此泛指舞姿轻盈。

③扬州梦：指杜牧在淮南节度府任掌书记时，纵情声色，流连于倡楼楚馆事。

④薄幸：负情。

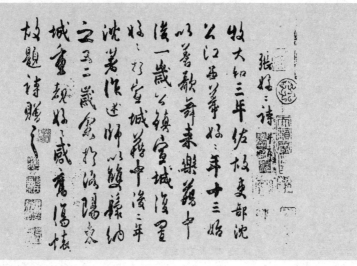

杜牧《张好好诗》(局部)手迹

隋　宫①

李商隐

紫泉宫殿锁烟霞②，　　欲取芜城作帝家。
玉玺不缘归日角③，　　锦帆应是到天涯④。
于今腐草无萤火，　　终古垂杨有暮鸦。
地下若逢陈后主，　　岂宜重问《后庭花》⑤。

[作者简介]

　　李商隐(813－858)，字义山，号玉谿生，怀州河内(今河南沁阳)人。早年受到令狐楚的赏识，开成二年(837)登进士第，娶令狐楚的政敌王茂元女为妻，因此受到令狐楚的儿子令狐绹的排抑，郁郁不得志，先后依托在几个高官的幕下，任掌书记、观察判官等职。后随柳仲郢镇东蜀，任节度判官、检校工部员外郎，最后客死荥阳。有《玉谿生诗》、《樊南甲集》、《樊南乙集》。

[注释]

　　①隋宫：指隋炀帝在江都所筑宫殿。
　　②紫泉：即紫渊(避唐高祖李渊名讳，改渊作泉)，水名，在长安北。这里代指长安。
　　③玉玺：皇帝用的玉印。日角：额骨隆起像太阳一样，称为日角，命相家认为此为帝王之相。此处指唐高祖李渊，因为他恰有"日角龙庭"之貌。
　　④"锦帆"句：意谓如果不是江山落到了李渊手里，隋炀帝的游船就要不到天涯不得止息了。
　　⑤《后庭花》：《玉树后庭花》的省称。舞曲名，陈后主作的新词。男女唱和，轻荡而其音甚哀。

炀帝陵

罗 隐

入郭登桥出郭船, 红楼日日柳年年。
君王忍把平陈业①, 只换雷塘数亩田②。

罗隐像

[作者简介]

罗隐（833－909），本名横，字昭谏，新城（今浙江富阳）人。屡试不第，五十五岁时投奔镇海节度使钱镠，历任钱塘令、著作令等职，后拜给事中。有《罗昭谏集》。

[注释]

①平陈业：指灭掉南朝陈国。
②雷塘：位于扬州城北十里，炀帝陵墓在此。

后土庙①

罗 隐

四海兵戈尚未宁, 始于云外学仪形②。
九天玄女犹无圣③, 后土夫人岂有灵?
一带好云侵鬓绿④, 两层危岫拂眉青⑤。
韦郎年少知何在? 端坐思量太白经。⑥

[注释]

①后土庙：在今扬州文昌中路东段北侧，今称蕃釐观。始建于汉成帝元延二年（前11）。祠中供奉主管大地万物生长的女神后土夫人。唐中和二年（882），淮南节度使高骈惑于神仙之术，于祠中增修，改名唐昌观，延术士吕用之居其中。据《十国春秋》记载：罗隐与诗人顾云等谒见高骈，隐见骈酷好仙术，潜题《后土庙》诗以刺之，连夕挂帆而返。巫者告骈，骈怒，发急棹追之，不及。后高骈遇害，罗隐著《广陵妖乱志》以非之。此诗即罗隐所题之诗。

②"仪形"句：此句意谓高骈想效法神仙之道，塑造后土夫人神像以祭祷。仪形，仪容、形体。

③九天玄女：道家传说中的女神，曾为黄帝之师，助黄帝灭蚩尤。无圣，没有灵验。

④好云：指后土夫人之美发。

⑤危岫：原指高峻的山峰，此处代指后土夫人的两道眉峰，因为美女的眉峰有春山之称。

⑥"韦郎"、"端坐"两句：据《艺苑雌黄》："高骈末年，惑于神仙之说，吕用之、张守一、诸葛殷等皆言能役鬼神，骈酷信之，委以政事……骈遽下两县，率百姓以苇席千领，通作甲马之状，遣用之于庙庭烧之，又以五彩笺写《太白阴经》十道，置于神座之侧，又于夫人帐中，塑一绿衣少年，谓之韦郎。"《太白经》，即《太白阴经》。

汴河怀古(二首选一)

皮日休

尽道隋亡为此河,　　至今千里赖通波。
若无水殿龙舟事①,　　共禹论功不较多。

[作者简介]

　　皮日休(约834—883),字袭美,一字逸少,外号醉吟先生、鹿门子等。襄阳(今属湖北)人。咸通八年(867)进士,任太常博士,后参加黄巢义军,任翰林学士。一说后因故被黄巢诛杀,一说巢败后流落江南病死。有诗文集《皮子文薮》。

[注释]

　　①水殿龙舟:指隋炀帝派黄门侍郎王弘等到江南造龙舟及杂船一事。炀帝所造"龙舟四重,高四十五尺,长二百丈。上重有正殿、内殿、东西朝堂,中二重有百二十房,皆饰以金玉……别有浮景九艘,三重,皆水殿也"。

炀帝龙舟(选自《帝鉴图说》)

过扬州

韦 庄

当年人未识兵戈, 处处青楼夜夜歌。
花发洞中春日永, 月明衣上好风多。
淮王去后无鸡犬①, 炀帝归来葬绮罗。
二十四桥空寂寂, 绿杨摧折旧官河②。

[作者简介]

韦庄(约836-910),字端己,京兆杜陵(今陕西西安)人,乾宁元年(894)登进士第,授校书郎、左补阙等职。后投奔四川王建为掌书记。唐亡,王建称帝,以韦庄为相。有《浣花集》,收词一卷。

韦庄《过扬州》(选自《全唐诗》)

[注释]

①淮王:指淮南王刘安。《神仙传·刘安》载淮南王刘安仙去时,"余药器置在中庭,鸡犬舐啄之,尽得升天"。

②旧官河:指隋炀帝开筑的运河。

送蜀客游维扬

杜荀鹤

见说西川景物繁①, 维扬景物胜西川。
青春花柳树临水, 白日绮罗人上船。
夹岸画楼难惜醉, 数桥明月不教眠。
送君懒问君回日, 才子风流正少年。

[作者简介]

杜荀鹤(846-907),字彦之,自号九华山人,唐池州石埭(今属安徽)人。杜荀鹤功名蹭蹬,四十六岁才中进士。登第后因时局混乱,一度回家闲居,做过从事等小官。后依附朱温(全忠),入梁,官翰林学士知制诰,寻卒。兼工书法,笔力遒健,有晋唐遗风。有《唐风集》。

[注释]

①西川:指四川西部成都一带地区。唐时扬州和益州(即成都)都很繁盛,有"扬一益二"之称。

酬杨瞻秀才送别[1]

[朝鲜] 崔致远

海槎虽定隔年回，　　衣锦还乡愧不才。
暂别芜城当叶落，　　远寻海岛趁花开。[2]
谷莺遥想高飞去[3]，　　辽豕宁惭再献来[4]。
好把壮心留后会，　　广陵风月对衔杯。

[作者简介]

　　崔致远(857-?)，字海夫，号孤云，朝鲜新罗沃沟人。少年时从商舶来中国求学，十八岁中进士，任溧水县尉。后入淮南节度使高骈幕府为都统巡官，凡表状文告，皆出其手。四年后归国，官至翰林学士、兵部侍郎。晚年因对朝政腐败不满，隐伽耶山而终。有《四六》、《桂苑笔耕集》诸集。

[注释]

　　①崔致远在扬州高骈幕府中，初颇受信任，但高骈迷信方士，乞求长生，不问政事，使崔甚为失望，乃应堂弟崔栖远之邀回国。此为酬杨瞻送别之诗。杨瞻，进士，崔在高骈幕府的同僚和朋友。
　　②"暂别"、"远寻"两句：崔致远于深秋叶落时离开扬州，取道山东半岛登州寻海船回国，要到第二年春天才能成行。
　　③"谷莺"句：指杨瞻也想离开高骈幕府，跟崔随行新罗。原注："时杨生有随行之计。"谷莺，进士的代称。
　　④辽豕：辽东豕的省称，谓知识浅薄者。见《后汉书·朱浮传》："往时，辽东有豕，生子白头，异而献之，行至河东，见群豕皆白，怀惭而返。若以子之功论于朝廷，则为辽东豕也。"再献：古代祭祀时的第二次献酒。此句乃诗人自谦，谓自己不揣浅陋，不知惭愧，还想再度来扬。

淮上与友人别

郑 谷

扬子江头杨柳春, 杨花愁杀渡江人。
数声风笛离亭晚①, 君向潇湘我向秦②。

[作者简介]

郑谷(生卒年不详),字守愚,袁州(今江西宜春)人。光启三年(887)进士,官至都官郎中。诗名颇高,《鹧鸪》七律为时传诵,有"郑鹧鸪"之称。唐昭宗避难华州时,郑谷也赶去,"寓居云台道舍",因而编其所作为《云台编》。

[注释]

①风笛:风中传来的笛声。离亭:古人于驿亭送别,因称离亭。
②潇湘:泛指湖南地区。秦:指陕西一带。

宋 代

　　星分牛斗，疆连淮海，扬州万井提封。花发路香，莺啼人起，珠帘十里东风。豪俊气如虹。

——秦观

浣溪沙①

晏 殊

一曲新词酒一杯,去年天气旧亭台,夕阳西下几时回? 无可奈何花落去,似曾相识燕归来,小园香径独徘徊。

[作者简介]

晏殊(991－1055),字同叔,抚州临川(今江西抚州)人。七岁能属文,景德初,以神童召试,赐同进士出身。擢秘书省正字,累官至枢密使,进同中书门下平章事。庆历中,拜集贤殿学士,同平章事,兼枢密使。后降工部尚书,知颖州、陈州、许州。稍复至户部尚书,以观文殿大学士知永兴军,徙河南府。以疾请归京师,逾年卒。谥元献。有《珠玉词》。

[注释]

①据《苕溪渔隐丛话》引《复斋漫录》中的故事说,晏殊这首词作于扬州。当时晏殊赴杭州道经维扬,憩大明寺内,闭目叫侍从读壁间诗给他听,他听了几首都没有终篇便打断了。但听到江都尉王淇的《九曲池》诗却很为赞赏,立即派人召王淇与之同餐。餐后又同步池上。"时春晚,已有落花。晏云:每得句书墙壁间,或弥年未尝强对,且如'无可奈何花落去',至今未能对也。王应曰:'似曾相识燕归来。'自此辟置馆职,遂跻侍从也。"

后土庙琼花诗二首[①]

王禹偁

扬州后土庙有花一株,洁白可爱,且其树大而花繁,不知实何木也,俗谓之琼花云,因赋诗而状其态。

谁移琪树下仙乡[②],　　二月轻冰八月霜。
若使寿阳公主在[③],　　自当羞见落梅妆[④]。

春冰薄薄压枝柯,　　分与清香是月娥。
忽似暑天深涧底,　　老松擎雪白婆娑[⑤]。

[作者简介]

　　王禹偁(954-1001),字元之,巨野(今属山东)人。太平兴国八年(983)进士,历任大理评事、右拾遗、翰林学士、知制诰。后因预修《太宗实录》,与宰相意见不协,出知黄州,迁蕲州,病卒。有《小畜集》等。

[注释]

　　①后土庙:原为祭祀土地神的祠庙。宋初在大殿与后土祠之间长有琼花树一株。至道二年(996),观内琼花发生变异,状虽类聚八仙,但色黄而微香。王禹偁时任扬州太守,首咏《琼花诗》二首。欧阳修作扬州郡守时,以扬州琼花举世无双,特于树旁筑"无双亭",由是扬州琼花名闻天下。宋徽宗政和年间,取《汉书·郊祀歌辞》"唯泰元尊,媪神蕃釐"义,改庙名为"蕃釐观",世人以此观中有琼花,故俗称"琼花观"。蕃釐观曾数次被毁,建筑物大多不存。1996年扬州市政府于原址修复蕃釐观,建有廊房和大殿,门前且建有题额"蕃釐观"石质牌坊,为扬州游览名胜之一。

琼花树旁无双亭

②琪树：神话中的玉树。

③寿阳公主：南朝宋武帝之女。

④落梅妆：寿阳公主曾睡在含章殿檐下，梅花刚好落在额上，成五出之花，拂之不去。此后就有所谓梅花妆出现，简称梅妆。亦称寿阳妆。

⑤擎：托举。婆娑：枝叶扶疏貌。

琼 花

韩 琦

惟扬一株花①，　　四海无同类。
年年后土祠，　　　独比琼瑶贵。
中含散水芳②，　　外团蝴蝶戏。
荼蘼不见香，　　　芍药惭多媚。
扶疏翠盖园，　　　散乱真珠缀。③
不从众格繁，　　　自守幽姿粹。④
尝闻好事家，　　　欲移金毂地。⑤
既违孤洁情，　　　终误栽培意。
洛阳红牡丹，　　　适时名转异。
新荣托旧枝，　　　万状呈天丽。
天工借颜色，　　　深淡随人智。
三春爱赏时，　　　车马喧如市。
草木禀赋殊，　　　得天岂轻议。⑥
我来首见花，　　　对月聊自醉。

[作者简介]

韩琦(1008－1075)，字稚圭，号赣叟，安阳(今属河南)人。天圣五年(1027)进士，历官淄州通判、枢密直学士、陕西经略安抚招讨使。在军中与范仲淹齐名，时称韩范。入为枢密副使，嘉祐中拜同中书门下平章事，封魏国公。谥忠献。韩琦曾于庆历五年(1045)以资政殿学士帅淮南，驻节扬州。有《安阳集》。

[注释]

①惟扬：即维扬，扬州的别称。
②"中含"句：意谓花朵中像玉蕊花一样吐着幽微的芳香。宋

扬州琼花

姚宽《西溪丛语》云:"唐昌观玉蕊花,今之散水花。"散水,即散水花,玉蕊花之别名。

③"扶疏"、"散乱"两句:言琼花枝叶纷披,如圆圆的翠盖轻舞;花蕾散落枝叶间,如晶莹的珍珠联缀。

④"不从"、"自守"两句:意为琼花不愿像其他花木万紫千红,浓艳一片,而是独自保持幽丽姿质,不同凡俗。

⑤"尝闻"、"欲移"两句:扬州琼花曾于仁宗年间移往京城,但逾年即枯,送还故地后复茂。金毂地,代指京城,指汴京。金毂,华贵的车子。

⑥"草木"、"得天"两句:意为琼花和牡丹禀赋各自不同,它们都是大自然精心选择的结果,不能轻加评论。

和刘原父平山堂见寄①

欧阳修

督府繁华久已阑②，至今形胜可跻攀。
山横天地苍茫外，花发池台草莽间。
万井笙歌遗俗在③，一樽风月属君闲。
遥知为我留真赏，恨不相随暂解颜。

[作者简介]

欧阳修（1007-1072），字永叔，号醉翁，晚年又号六一居士，庐陵（今江西吉水）人。天圣八年（1030）进士，调西京推官。庆历中，出知滁州，徙扬州、颍州。还京为翰林学士，拜枢密副使，参知政事。熙宁初，与王安石政见不合，以太子少师致仕。著有《文忠集》。

[注释]

①这是作者和刘原父《登平山堂寄永叔内翰》而作的诗。刘原父：即刘敞，时任扬州太守，诗人的朋友。平山堂：位于扬州市区西北五里蜀冈中峰之大明寺内。始建于北宋庆历八年（1048）二月，为时任扬州太守的欧阳修所建。因登临此堂，江南诸山拱揖槛前，似可攀跻，因名"平山堂"。历代诗人多有题咏。屡经兴废，清康熙十二年（1673）汪懋麟重建，咸丰年间毁于兵火。现存建筑为同治九年（1870）方濬颐重建。建国后曾三次维修和大修。平山堂为淮东著名胜境。

②督府：指隋唐时在扬州设置的大都督府。地点在蜀冈上的牙城内。阑：凋残。

③万井：万家。

朝中措·平山堂

欧阳修

平山阑槛倚晴空。山色有无中①。手种堂前垂柳②,别来几度春风。　文章太守,挥毫万字,一饮千钟。行乐直须年少,尊前看取衰翁。

[注释]

①"山色"句:见唐王维《汉江临眺》诗:"江流天地外,山色有无中。"意谓山色缥缈,若隐若现。

②"手种"句:平山堂旧有欧阳修手植柳,人称"欧公柳"。惜已不存。

北宋庆历、嘉祐年间之平山胜景

送杨秘丞秉通判扬州

司马光

苦闻小杜说扬都①,　当昔豪华今在无?
江势横来控南楚②,　地形前下瞰东吴。
万商落日船交尾,　一市春风酒并垆③。
得意莫忘京国友,　踏尘冲雪奉朝趋④。

[作者简介]

司马光(1019–1086),字君实,陕州夏县(今山西闻喜)人。宝元初进士。累官至龙图阁直学士、翰林学士、尚书左仆射兼门下侍郎。为反对王安石变法之首要人物。哲宗时主持朝政,尽废新法。卒谥文正。撰有史学巨著《资治通鉴》,另有《司马文正公文集》《稽古录》等。

[注释]

①小杜:指唐诗人杜牧。扬都:扬州城。
②南楚:古地区名。北起淮汉,南至江南的地域。扬州在其域内。
③垆:酒店里安放酒瓮、酒坛子的台子。
④朝趋:指每天早上为上朝而奔走。

司马光像

平山堂

王安石

城北横冈走翠虬①,　　一堂高视两三州②。
淮岑日对朱栏出③,　　江岫云齐碧瓦浮④。
墟落耕桑公恺悌⑤,　　杯觞谈笑客风流。
不知岘首登临处⑥,　　壮观当年有此不?

[作者简介]

王安石(1021－1086),字介甫,晚号半山,抚州临川(今江西抚州)人。庆历二年(1042)进士。嘉祐三年(1058)上万言书,倡言变法。神宗熙宁二年(1069)任参知政事,行新法。次年拜相。七年(1074)罢相为镇南节度使,后复拜左仆射,九年(1076)再罢相,退居江南半山园,封荆国公。谥文。有《临川集》。

[注释]

①横冈:指横贯扬州城西北的蜀冈。翠虬:绿色的龙,借喻蜀冈。

②三州:指扬州、真州、润州。

③"淮岑"句:意谓淮上山峦的日出似从平山堂的栏杆上升起。岑,小而高的山。

④"江岫"句:意谓江上群峰的云气仿佛在平山堂的檐瓦上飘浮。岫,峰峦。

⑤"恺悌"句:意谓欧阳修没有官架子,常在田头村落与农人谈笑往来,和乐平易。恺悌,平易近人。

⑥岘首:即岘山,在湖北襄阳县南。晋羊祜任襄阳太守时,常登临岘山,置酒吟咏,终日不倦。

泊船瓜洲

王安石

京口瓜洲一水间①,钟山只隔数重山②。
春风又绿江南岸,明月何时照我还。

[注释]

①京口:即镇江。
②钟山:即紫金山,在今南京市东。

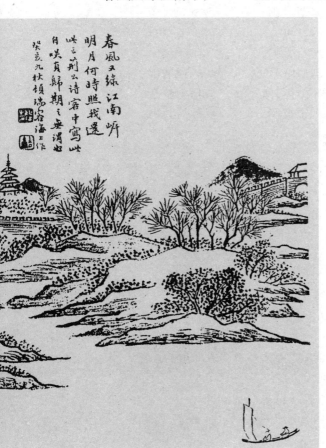

春风又绿江南岸

谷林堂[1]

苏 轼

深谷下窈窕[2]，　高林合扶疏[3]。
美哉新堂成，　及此秋风初。
我来适过雨，　物至如娱予。
稚竹真可人，　霜节已专车[4]。
老槐若无赖，　风花欲填渠。
山鸦争呼号，　溪蝉独清虚。
寄怀劳生外，　得句幽梦余。
古今正自同，　岁月何必书。

[作者简介]

苏轼(1037-1101)，字子瞻，自号东坡居士，眉山(今属四川)人。嘉祐二年(1057)进士。曾任杭州通判，徙知湖州。因作诗讥刺新法下狱，贬黄州团练副使。元祐中，累官翰林学士兼侍读，出知杭州、颍州，官至礼部尚书。后又贬谪惠州、儋州。卒谥文忠。其诗词清新豪迈，开豪放词一派。有《东坡集》。

[注释]

①谷林堂：位于蜀冈大明寺内。元祐七年(1092)，苏轼由颍州徙知扬州，为纪念老师欧阳修，乃在平山堂后建堂，并从自己"深谷下窈窕，高林合扶疏"的诗句中集取两字，题名"谷林堂"。

②窈窕：深邃貌。

③扶疏：枝叶繁茂纷披貌。

④"霜节"句：言竹高大可装一车。霜节，大竹外皮竹节处多附白霜似的粉末，故称。

沈燧《东坡先生品砚图》

西江月·平山堂

苏　轼

三过平山堂下①,半生弹指声中。十年不见老仙翁②,壁上龙蛇飞动。　　欲吊文章太守,仍歌杨柳春风。休言万事转头空,未转头时皆梦。

[注释]

①"三过"句:熙宁四年(1071),苏轼过广陵,作《广陵会三同舍》诗;熙宁七年(1074),苏轼由杭州去密州赴任,复过扬州,有《平山堂次王居卿祠部韵》诗;元丰三年(1080),苏轼由熙城移守吴兴,再过扬州作此词,故有"三过"之说。

②"十年"句:苏轼曾于颍州陪宴欧阳修,此后再未见面,欧阳修卒于熙宁五年(1072)。元丰三年苏轼于扬州作此词时,离与欧阳修颍州晤面将近十年,故有此语。

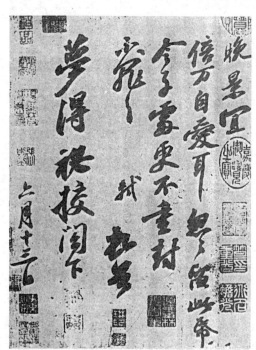

苏轼《与梦得札》手迹

九曲池①

苏 辙

嵇老清弹怨《广陵》②,　隋家水调寄哀音。
可怜九曲遗声尽,　　　唯有一池春水深。
凤阙萧条荒草外③,　　龙舟想像绿杨阴。
都人似有兴亡恨,　　　每到残春一度寻。

[作者简介]

　　苏辙(1039—1112),字子由,一字同叔,号颍滨遗老,眉山(今属四川)人,苏轼之弟。嘉祐三年(1058)进士。神宗时因对王安石新法不满,出为河南推官。哲宗时累迁御史中丞、尚书右丞、门下侍郎。后又遭贬谪,以大中大夫致仕。有《栾城集》、《诗集传》等。

[注释]

　　①九曲池:位于扬州西北蜀冈中峰和东峰之间,今烈士陵园东侧,山围四匝处,中凹如碗,水大不溢,水小不涸。其下即平山堂坞,为今"乾隆游览线"码头上平山堂处。旧志云:隋炀帝幸江都,作水调九曲,奏于池上,故名九曲池。宋时艺祖驻跸蜀冈,有龙斗于九曲池,命建亭以纪其事,名九曲亭,一名波光亭。今已淤积不存。

　　②嵇老:指晋代嵇康。《广陵》:指嵇康所弹琴曲《广陵散》。嵇康善弹此曲,秘不授人。后遭谗被害,临刑索琴弹之,曰:"《广陵散》于今绝矣!"

　　③凤阙:皇宫的通称。此处指隋炀帝所造之宫室。

次韵王定国扬州见寄[①]

黄庭坚

清洛思君昼夜流[②],　　北归何日片帆收?
未生白发犹堪酒,　　　垂上青云却佐州![③]
飞雪堆盘鲙鱼腹,　　　明珠论斗煮鸡头。[④]
平生行乐自不恶,　　　岂有竹西歌吹愁?

[作者简介]

　　黄庭坚(1045－1105),字鲁直,自号山谷道人,涪翁,洪州分宁(今江西修水)人。治平年间进士,调叶县尉,以校书郎为《神宗实录》检讨官,以修史"多诬"遭贬。诗文与苏轼齐名,世称"苏黄"。其诗讲究修词造句,追求奇拗硬涩的风格,为江西诗派的开创者。能词,兼擅行、草书,有《山谷内外集》。

[注释]

　　[①]王定国:即王巩,宰相王旦之孙。才情为苏轼所知。元丰年间,王定国遭苏轼牵连被贬。元祐初,苏轼还京,王定国被荐为宗正丞,不久被言官指摘,出为扬州通判。王从扬州寄诗与黄,黄步其韵而成此诗。

　　[②]"清洛"句:元丰中,导洛水入汴河谓之清洛,扬州为此水流经之地。此句意谓相思之心如流水昼夜无尽。

　　[③]"未生"、"垂上"两句:首句言白发未生,体力尚健,还可饮酒;次句谓本应直上青云却被外放为州佐。两句表现了诗人对朋友的关切。

　　[④]"飞雪"、"明珠"两句:两句皆倒装句,意谓鱼腹作鲙白如飞雪;鸡头新煮晶莹如珠。论斗,言其多也。鸡头,一名芡实。

梦扬州

秦 观

晚云收。正柳塘、烟雨初休。燕子未归,恻恻轻寒如秋。小阑外、东风软,透绣帏、花密香稠。江南远,人何处,鹧鸪啼破春愁。　　长记曾陪燕游①。酹妙舞轻歌,丽锦缠头②。殢酒困花③,十载因谁淹留。醉鞭拂面归来晚,望翠楼、帘卷金钩。佳会阻,离情正乱,频梦扬州。

[作者简介]

秦观(1049－1100),字少游,一字太虚,号淮海居士,江苏高邮人。元丰八年(1085)进士。曾为临海主簿,因苏轼荐,任太学博士,迁秘书省正字兼国史院编修。后坐元祐党籍削秩,迭遭贬谪,卒于藤州。善诗赋策论,尤工词。为苏门四学士之一,有《淮海集》。

[注释]

①燕游:宴饮游乐。"燕"通"宴"。

②丽锦:华丽的丝织品。

③殢酒困花:沉湎于酒色。

高邮文游台内秦观塑像

望海潮·广陵怀古

秦　观

星分牛斗①，疆连淮海②，扬州万井提封③。花发路香，莺啼人起，珠帘十里东风。豪俊气如虹④。曳照春金紫⑤，飞盖相从⑥。巷入垂杨，画桥南北翠烟中。　　追思故国繁雄。有迷楼挂斗⑦，月观横空。纹锦制帆⑧，明珠溅雨⑨，宁论爵马鱼龙⑩。往事逐孤鸿。但乱云流水，萦带离宫。最好挥毫万字，一饮拚千钟。

[注释]

①星分牛斗：古人以"星土辨九州之地所封，封域皆有分星，以观妖祥"。此句谓扬州地域系属斗星和牛星所属的分野。

②疆连淮海：《书·禹贡》："淮海惟扬州。"谓扬州北据淮河，南连大海。

③"扬州"句：此句意谓扬州多达八万余户。万井，《汉书·刑法志》："一同百里，提封万井。"古制八家为井。提封，通共，大凡意。

④"豪俊"句：意谓扬州人豪迈超俊。李贺《高轩过》诗："入门下马气如虹。"

⑤"曳照"句：此句意谓贵人华丽飘曳的服饰映照春光。曳，拖。金紫，指贵官的官服和佩饰。

⑥飞盖：急行的马车。盖，车篷。

⑦"有迷楼"句：言迷楼高耸入云，挂住了斗星。

⑧纹锦制帆：指隋炀帝以锦缎作船帆事。

⑨明珠溅雨：隋炀帝故事。炀帝曾命宫女洒明珠于龙舟之上，以拟雨雹之声。

⑩爵马鱼龙：指珍奇玩好之物。鲍照《芜城赋》："吴蔡齐秦之声，鱼龙爵马之玩。"爵，通雀。

望海潮·扬州芍药会作①

晁补之

人间花老,天涯春去,扬州别是风光。红药万株,佳名千种,天然浩态狂香②。尊贵御衣黄③。未便教西洛,独占花王。④困依东风,汉宫谁敢斗新妆。⑤　年年高会江阳⑥。看家夸绝艳,人诧奇芳。结蕊当屏,联葩就幄,红遮绿绕华堂。⑦花面映交相⑧。更秉烛观洧⑨,幽意难忘。罢酒风亭,梦魂惊恐在仙乡。

[作者简介]

晁补之(1053-1110),字无咎,号归来子,巨野(今属山东)人。元丰进士。调澧州司户参军,迁著作郎、礼部郎中,徙湖、密、果三州。大观末,知达、泗二州。有《鸡肋集》。为"苏门四学士"之一。

[注释]

①宋时扬州芍药甲于天下,苏轼称"扬州芍药为天下之冠","其敷腴盛大,而纤丽巧密,皆他州之所不及。""种花之家,园舍相望……多者至数万根(株)",常举办花会以邀游人。蔡京任扬州太守时,每年在芍药盛开之时,采花十余万株,举办"万花会",因"既残诸园,又吏因缘为奸,民人病之",而被苏轼革除。但小型芍药花会仍年年举行。此处即指一年一度的芍药花会。

②浩态:谓仪态大方。狂香:香气馥郁。

③御衣黄:芍药名种。千叶而淡,香如莲花,色彩最为艳丽。被列为名种之首,故有"尊贵"之誉。

④"未便"、"独占"两句:指盛产牡丹花的洛阳。牡丹有花王之称。

⑤"困依"、"汉宫"两句:指唐开元年间,李白赋新词《清平调》

三章,将杨贵妃与牡丹相比的故事。中有句云:"借问汉宫谁得似,可怜飞燕倚新妆。"飞燕,指汉代美人赵飞燕。困,倦也。斗,比赛。

⑥江阳:扬州的别称。隋大业三年(607),扬州下析二县为江都县、江阳县,唐曾袭用之。

⑦"结蕊"等三句:谓花会上芍药连片成堆,满堂皆是。当屏,言花朵对着屏风;就幄,接近帷幄。

⑧"花面"句:谓芍药与美人交相辉映。温庭筠《菩萨蛮》词:"照花前后镜,花面交相映。"

⑨"更秉萱"句:上巳节日,春秋时郑国青年男女聚会于秦洧两河,有互赠兰草和芍药的习俗。见《诗经·溱洧》:"溱与洧,方涣涣兮。士与女,方秉蕑兮。女曰:'观乎?'士曰:'既且。''且往观乎?洧之外,洵订且乐。'维士与女,伊其相谑,赠之以芍药。"秉萱,即秉蕑,手持兰草。洧,水名。

瘦西湖玲珑花界芍药圃一角

晚云高·太平时

贺　铸

秋尽江南叶未凋。晚云高。青山隐隐水迢迢。接亭皋。　　二十四桥明月夜,弭兰桡。玉人何处教吹箫。可怜宵。

[作者简介]

贺铸(1052－1125),字方回,卫州(今河南汲县)人。曾任泗州、太平州通判。晚年退居苏州,自号庆湖遗老。词兼具婉约与豪放之风格。有《东山词》。

二十四桥新姿

浪淘沙·芍药

韩元吉

鹧鸪怨花残①,谁道春阑?多情红药待君看,浓淡晓妆新意态,独占西园②。 风叶万枝繁,犹记平山。五云楼映玉成盘③,二十四桥明月下,谁凭朱栏?

[作者简介]

韩元吉(1118-1183),字无咎,号南涧,许昌(今属河南)人。寓居信州(今江西上饶)。隆兴年间官至吏部尚书。主张恢复中原,但反对轻举妄动,张浚不听他的劝阻,招致符离之战的失败。有《南涧诗余》。

[注释]

①鹧鸪:鸟名,即杜鹃。

②"独占"句:芍药花开时众芳多凋零殆尽,故有独占之说。西园,汉上林苑的别名。此处泛指园林。

③五云楼:泛指豪华富丽的楼阁。玉成盘:即玉盘盂,由苏轼命名的芍药名种。苏轼《玉盘盂》诗云:"一枝争春玉盘盂。"其诗引中说:"中有白花,正圆如覆盂,其下十余叶,稍大,承之如盘,姿格绝异。"

寄题扬州九曲池①

陆 游

清汴长淮莽苍中，扬州画戟拥元戎②。
南连近甸观秋稼，北抚中原扫夕烽③。
茶发蜀冈雷殷殷④，水通隋苑月溶溶。
悬知帐下多豪杰，一醉何因及老农。

[作者简介]

陆游(1125-1210)，字务观，号放翁，越州山阴(今浙江绍兴)人。绍兴中，应礼部试，为秦桧所黜。桧死，始为宁德主簿。孝宗即位，赐进士出身，曾任镇江、隆兴、夔州通判。乾道八年(1172)，入四川宣抚使王炎幕府。以宝章阁待制致仕。工诗词，与范成大、杨万里、尤袤并称为"南宋四大家"。其诗清新圆润，多爱国之音。有《剑南诗稿》、《渭南文集》、《老学庵笔记》等多种著作。

[注释]

①此诗为庆元六年(1200)陆游在山阴(今浙江绍兴)时所作。九曲池及波光亭在绍兴三十一年(1161)金兵南侵时被毁。"庆元五年(1199)，淮南东路节度使郭杲命工濬池，引诸塘水以注之。建亭于上，遂复旧观。又立亭于池北，筑风台、月榭，东西对峙，缭以柳阴。"(《嘉靖维扬志》)陆游得知这一消息后，就写了这首诗以寄。

②元戎：指淮南东路节度使郭杲。

③扫夕烽：谓扫除敌军之侵犯，保持边境安宁。夕烽，边塞烽烟，在傍晚点燃，以报平安。

④茶发蜀冈：蜀冈上很早就有人种茶。《太平寰宇记》："(蜀)冈有茶园，其茶甘香，味如蒙顶。"蒙顶，一种名茶。

送邓根移戍扬州①

周必大

闻道维扬地望雄，　　风流人物似江东②。
六龙前日临淮海③，　　五马由来说醉翁④。
璧月几桥留夜色，　　珠帘十里待春风。
遥知九日平山会，　　笑插茱萸满鬓红。⑤

[作者简介]

周必大(1126－1204)，字子充，又字弘道，号平园老叟，吉州庐陵(今江西吉安)人。绍兴二十一年(1151)进士，官至左丞相，封益国公。著作颇丰，有《平园集》《玉堂杂志》等八十余种。

[注释]

①邓根：诗人朋友。进士出身。高宗建炎初知崇德县，以风力闻。陈通率军士起事于杭州，根力御之，由是迁知秀州。绍兴二十八年(1158)，邓根以直秘阁知扬州。故周必大赠以此诗。

②江东：汉唐以来称安徽芜湖以下的长江下游南岸地区为江东，指吴郡(今苏州)地域。

③"六龙"句：意谓皇帝曾驾临扬州一带地区。古代皇帝的车驾为六马，马八尺为龙，故六龙为皇帝车驾的代称。

④"五马"句：汉时太守乘坐的车用五匹马驾辕，后遂以五马作太守的代称。此处指欧阳修，因欧自号醉翁。

⑤"遥知"、"笑插"两句：意谓重阳九月九日，邓根一定会去平山堂登高与会，插茱萸以应节日。

皂角林[①]

杨万里

水漾霜风冷客襟,　　苔封战骨动人心。
河边独树知何木?　　今古相传皂角林。

[作者简介]

　　杨万里(1127-1206),字廷秀,号诚斋,吉水(今属江西)人。绍兴二十四年(1154)进士。孝宗初,知奉新县,召为国子监博士、太子侍读,以宝文阁待制致仕。谥文节。其诗与陆游、范成大、尤袤齐名,为"南宋四大家"之一。有《诚斋集》。

[注释]

　　①皂角林:故址在今扬州城南三十里,瓜洲附近。康熙年间已坍入江中。绍兴三十一年(1161)十月,金兵攻瓜洲,南宋名将刘锜遣统制员琦、贾和仲、吴超拒之于皂角林,大败金兵,斩金统军高景山,俘敌数百。二十八年后,杨万里任接伴使,负使命迎接金国使臣,路过皂角林,感而作此诗。

杨万里像

八声甘州·扬州

李好古

壮东南,飞观切云高①,峻堞缭波长②。望蔽空楼橹,重关警柝,跨水飞梁③。百万貔貅夜筑④,形胜隐金汤⑤。坐落诸蕃胆⑥,扁榜安江⑦。　　游子凭栏凄断,百年故国,飞鸟斜阳。恨当时肉食⑧,一掷赌封疆⑨。骨冷英雄何在?望荒烟、残戍触悲凉。无言处,西楼画角,风转牙樯⑩。

[作者简介]

李好古(生卒年不详),字仲敏,下邳(今陕西渭南东北)人。约宋度宗咸淳末(1273年前后)在世。自署乡贡免解进士。词多慷慨爱国之音。有《碎锦词》。

[注释]

①飞观:高耸的宫阙。
②峻堞:高峻的城墙。
③飞梁:凌空飞架的桥。
④貔貅:古代传说中的猛兽,其形似虎,或曰似熊。后多用以比喻勇猛的战士。
⑤"形胜"句:形容扬州城池的险固。金汤,金属造的城和沸水流淌的护城河。
⑥"坐落"句:谓扬州城池险固,使外族入侵者见之丧胆。
⑦扁榜:亦作"扁牓",即扁额。
⑧肉食:高位厚禄的朝中官员。
⑨"一掷"句:意谓肉食者们轻举妄动,把国家存亡的大计付之不可知的冒险行动。
⑩牙樯:原指桅杆尖端如牙,后借指舟船。

水调歌头·舟次扬州,和杨济翁、周显先韵①

辛弃疾

落日塞尘起,胡骑猎清秋。②汉家组练十万,列舰耸层楼。③谁道投鞭飞渡,忆昔鸣髇血污,风雨佛狸愁。④季子正年少,匹马黑貂裘。⑤ 今老矣,搔白首,过扬州。倦游欲去江上,手种橘千头。⑥二客东南名胜,万卷诗书事业,尝试与君谋。⑦莫射南山虎,直觅富民侯。⑧

[作者简介]

辛弃疾(1140-1207),字幼安,号稼轩,历城(今山东济南)人。耿京聚兵山东,节制忠义军马,为掌书记。绍兴三十二年(1162),率部南归,授承务郎。历任湖北、江西、湖南、福建、浙东安抚使,加龙图阁待制,进枢密都承旨。其词豪放雄浑,悲壮激烈,与苏轼并称"苏辛"。有《稼轩长短句》。

[注释]

①此词为淳熙五年(1178),辛弃疾由临安调任湖北转运副使,路过扬州时所作。此时扬州为长江北岸军事重镇,抗金前沿。杨济翁:即杨炎正,诗人杨万里的族弟。在扬州与稼轩会面时,曾同舟过江登多景楼,作《水调歌头》词以抒请缨无门之慨。此词乃其和作。周显先:事迹不详。

②"落日"、"胡骑"两句:指绍兴三十一年(1161)金兵南犯事。猎,打猎,指发动战争。金兵多趁秋日兵壮马肥之际入侵。

③"汉家"、"列舰"两句:意谓宋军雄兵十万,列舰大江,时刻准备迎敌。组练,"组甲披练"的简称。《左传·襄公三年》:"使邓廖帅组甲三百,被练三千以侵吴。"组甲、被练皆指将士的衣甲服装。此处代指精锐之师。

④"谁道"等三句：指绍兴三十一年(1161)，金主完颜亮南侵惨败、死于非命事。投鞭飞渡，昔苻坚南犯东晋，号称百万之众，自诩："以吾之众旅，投鞭于江，足断其流。"结果淝水一战败北。此喻完颜亮南侵之嚣张气焰，并预示其必然败绩。鸣髇血污，被响箭射死。鸣髇，即鸣镝，响箭。据《史记·匈奴传》，匈奴太子欲弑父夺位，乃作鸣镝，随其父出猎时，率先以鸣镝射之。部下随之箭发，终将其父射杀。此喻完颜亮兵败被部属所弑。佛狸，后魏武帝拓跋焘的小名，他曾南侵刘宋王朝，受挫北撤后被宦官杀死。此句意同上。

⑤"季子"、"匹马"两句：词人以苏秦自比，谓其当年英雄年少，黑裘匹马，驰骋沙场。季子，苏秦字季子，战国著名纵横家，曾佩六国相印。当其未遇时，赵国李兑曾资助他黑貂裘。

⑥"倦游"、"手种"两句：谓自己欲退隐江上，种橘自遣。三国时丹阳太守李衡曾叫人到武陵龙阳州种橘千株，临终时告知其儿：我家有"千头木奴，足够你岁岁使用"。

⑦"二客"等三句：称赞友人学富志高，欲为之谋划。

⑧"莫射"、"直觅"两句：劝友人去当太平侯相，莫作战时将军。射南山虎，指飞将军李广。广闲居蓝田南山时，曾射猎猛虎。富民侯，见《汉书·食货志》："武帝末年，悔征伐之事，乃封丞相为富民侯。"

和上官伟长芜城晚眺①

严 羽

平芜古堞暮萧条②,　　归思凭高黯未消。
京口寒烟鸦外灭,　　历阳秋色雁边遥③。
清江木落长疑雨,　　暗浦风多欲上潮。④
惆怅此时频极目,　　江南江北路迢迢。

[作者简介]

　　严羽(生卒年不详),字仪卿,一字丹邱,自号沧浪逋客,邵武(今属福建)人。约宋宁宗庆元末前后在世。为宋代著名诗评家,倡"妙语"与"兴趣"说。有《沧浪集》、《沧浪诗话》。

[注释]

　　①此诗约在宋理宗端平年间诗人漫游扬州时作。上官伟长:名良史,严羽的同乡好友。上官的原作已佚。
　　②堞:城上呈锯齿形的矮墙。亦称女墙。
　　③历阳:安徽和县。
　　④"清江"、"暗浦"两句:首句意谓清冷的江上落叶如雨;次句谓江面暮色笼罩,水面风大,预示潮水即将上涨。

扬 州 慢

姜 夔

　　淳熙丙申至日①,予过维扬。夜雪初霁,荠麦弥望②。入其城则四顾萧条,寒水自碧,暮色渐起,戍角悲吟。予怀怆然,感慨今昔,因自度此曲。千岩老人以为有黍离之悲也③。

　　淮左名都④,竹西佳处,解鞍少驻初程。过春风十里,尽荠麦青青。自胡马窥江去后⑤,废池乔木,犹厌言兵。渐黄昏,清角吹寒,都在空城。　　杜郎俊赏⑥,算而今、重到须惊。纵豆蔻词工,青楼梦好,难赋深情。二十四桥仍在,波心荡、冷月无声。念桥边红药⑦,年年知为谁生。

[作者简介]

　　姜夔(1155-1221),字尧章,自号白石道人,鄱阳(今属江西)人。一生未仕,往来于湘、鄂、皖、苏、浙之间,与范成大、杨万里诸人相酬唱。精通音律,常作自度曲。有《白石道人诗集》、《白石词》。

[注释]

　　①淳熙:南宋孝宗年号。丙申:淳熙三年(1176)。至日:冬至日。
　　②弥望:满眼。充满视野。
　　③千岩老人:南宋诗人萧德藻的自号,为姜夔学诗之师。绍兴年间进士,乌程(今浙江湖州)县令。黍离:《诗经·王风》篇名。诗中写周大夫过故宗庙宫室,尽为禾黍,感而作此诗。后用为感慨亡

白石道人吹箫图

国、触景生情之词。

④淮左:淮河以东地区。

⑤"自胡马"句:金兵曾两次大规模入侵扬州。建炎三年(1129)金兵攻入扬州,以扬州作临时都城的宋高宗赵构匆忙逃窜。金兵"纵火城内,烟焰触天,女子金帛,杀掠殆尽"。绍兴三十一年(1161)秋,金兵再次南侵,扬州沦陷,再次遭劫掠。胡马,指金兵。

⑥杜郎:指杜牧。俊赏:快意游赏。

⑦红药:红芍药。宋时扬州芍药为天下冠。

水调歌头·平山堂用东坡韵

方　岳

秋雨一何碧,山色倚晴空。江南江北愁思,分付酒螺红①。芦叶篷舟千里,菰菜莼羹一梦,无语寄归鸿。醉眼渺河洛②,遗恨夕阳中。　　蘋洲外,山欲暝,敛眉峰。人间俯仰陈迹,叹息两仙翁③。不见当时杨柳,只是从前烟雨,磨灭几英雄。天地一孤啸,匹马又西风④。

[作者简介]

方岳(1199－1262),字巨山,自号秋崖,祁门(今属安徽)人。绍定五年(1232)进士。累官至吏部侍郎。历知饶、抚、袁三州,加朝散大夫。词收入所著《秋崖先生小稿》中。

[注释]

①螺红:红色的螺杯。

②河洛:黄河与洛水之间的地区。此处泛指沦陷于金兵之手的土地,故词人有遗恨在焉。

③两仙翁:指欧阳修与苏东坡。

④匹马:有作者自喻意。

至扬州二十首[①](选一)

文天祥

樵夫偏念客路长，肯向城中为裹粮。
晓指高沙移处泊[②]，司徒庙下贾家庄[③]。

[作者简介]

　　文天祥（1236－1283），字宋瑞，又字履善，号文山，吉州庐陵（今江西吉安）人。理宗宝祐四年（1256）进士第一。历任刑部郎官，知瑞、赣等州。德祐二年（1276）任右丞相，奉派往元军营中谈判，被扣留。后于镇江脱险，流亡至通州，由海路南下福建，与张世杰、陆秀夫等坚持抗元。景炎三年（1278），于广东五坡岭被俘。后被押至大都，坚贞不屈，被杀。有《文山先生全集》。

文天祥像

[注释]

　　①文天祥在真州受到宋将苗再成的热情接待，但因扬州制使李庭芝对他有所误解和怀疑，被苗守礼送出城。文天祥欲取道高邮至通州，得樵夫帮助，露宿扬州城外司徒庙之贾家庄，待转道高邮。此诗前有小记云："予见诸樵夫，幸而可与语。告

以患难,厚许之,使导往高沙。赖其欣然见从,谓此处不是高沙路,方驻堡城北门贾家庄。少驻一日,却为入城籴米买肉,以救两日之饥,又雇马、办粮,以备行役。于是五更,随诸樵夫往焉。时樵夫知予无聊,又有所携,使萌不肖心,得财岂不多于所许?淮人依本分感激,岂亦有天意行其间乎?"

②高沙:即高邮。

③司徒庙:位于蜀冈大明寺西侧,约始建于南朝陈代,系道教庙宇,庙内供茅、许、祝、蒋、吴五神。此五人为民间传说中的五猎人,结为兄弟,行孝义之事。隋代封司徒、加庙号。南宋理宗绍定四年(1231),叛将李全于庙中祷神不吉,怒而毁神像,不三日李全被戮于新塘,"肢散落,犹全之施于神者"。守将赵范重修并扩建司徒庙,至此香火颇盛。建国初期尚存。贾家庄:在扬州西门外,西门车站后身,今称贾庄。

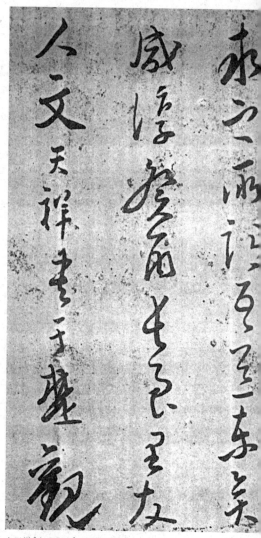

文天祥《木鸡集序》(局部)手迹

元 代

　　江山如旧,竹西歌吹古扬州。三分明月,十里红楼。绿水芳塘浮玉榜,珠帘绣幕上金钩。列一百二十行经商财货,润八万四千户人物风流。

——乔吉

木兰花慢·灯夕到维扬

白　朴

壮东南形胜,淮吐浪,海吞潮。记此日江都,锦帆巡幸,汴水迢遥。迷楼故应不见,见琼花,底事也香消。兴废几更王霸,是非总付渔樵。　　谁能十万更缠腰①,鹤驭尽飘飘。正绣陌珠帘,红灯闹影,三五良宵。春风竹西亭上,拚淋漓,一醉解金貂②。二十四桥明月,玉人何处吹箫。③

[作者简介]

白朴(1226-1307),字仁甫,又字太素,号兰谷,隩州(一作澳州)人,后居真定(今属河北)。幼逢世乱,父子相失,育于元好问家,得其指受,后迁居滹阳。及长,学问淹博。晚年移家金陵,与金朝诸遗老放情山水间。工词曲,与关汉卿、马致远、郑光祖并称"元曲四大家"。有《天籁阁词》及杂剧《秋夜梧桐雨》、《墙头马上》传世。

[注释]

①"谁能"句:语本六朝《殷芸小说》:"有客相从,各言其志,或愿为扬州刺史,或愿多资财,或愿骑鹤上升。其一人曰:腰缠十万贯,骑鹤上扬州。欲兼三者。"

②"一醉"句:语本《晋书·阮孚传》:"(孚)迁黄门侍郎、散骑常侍。尝以金貂换酒,复为所司弹劾,帝宥之。"后以金貂换酒比喻文人的放荡不羁。金貂,皇帝左右侍臣的冠饰。

③"二十四桥"、"玉人"两句:语本杜牧《寄扬州韩绰判官》:"二十四桥明月夜,玉人何处教吹箫。"

中吕·山坡羊·客高邮

张可久

危台凝伫①,苍苍烟树,夕阳曾送龙舟去。映菰蒲,捕鱼图,一竿风旆桥西路。人物风流闻上古。儒,秦太虚②;湖,明月珠③。

[作者简介]

张可久(约1270－1348后),字小山,庆元(今浙江鄞县)人。一生不得志,只做过路吏、典吏、幕僚、监税等小官。踪迹遍及江南,到过苏、浙、皖、闽、赣、湘等许多地方,在杭州西湖住得最久。致力于散曲,多歌唱山水风景及抒发放逸情怀之作。有《小山乐府》。

[注释]

① 危台:高台。
② 秦太虚:即秦观。
③ 湖,明月珠:指宋嘉祐年间,高邮甓社湖中出现奇异珠蚌事。沈括《梦溪笔谈》卷二十一"异事"条中说:"(甓社湖珠蚌)其大如半席,壳中白光如银,珠大如拳,烂然不可正视。十余里间林木皆有影,如初日所照,远处但见天赤如野火。倏然远去,其行如飞,浮于波中,杳杳如日。"此即高邮八景之一的"甓社珠光"。现代研究UFO的学者认为此描述与飞碟非常相似。

双调·折桂令·小金山①

张可久

拂阑干仙袂飘飘。堂占波心,缆解松腰。露满螺杯②,风香翠袖,月冷鸾箫③。比江上金山小小,望天边银海迢迢④。醉依红桥,休说江南,西子妖娆。

[注释]

①小金山:原在扬州北门外街之西,距叶公桥不远。形如伏釜,四面环水。宋季,贾似道曾于上建云山阁。故是曲有"堂占波心"之说。元明之交颓圮。后于清乾隆间,在保障河(今瘦西湖)中择高地,挑湖中土加以增葺,移小金山名于此,原小金山遂荒废。今瘦西湖小金山为湖中心依山临水园林建筑群集中之地。建有风亭、月观、吹台、琴室等景点。此曲中所指小金山系前者。

②螺杯:海螺壳制作的酒杯。后作为酒杯的美称。

③鸾箫:箫的美称。

④银海:此处指月光、灯光、云水互相辉映产生的景色。

混江龙·咏扬州①

乔 吉

江山如旧,竹西歌吹古扬州。三分明月,十里红楼。绿水芳塘浮玉榜②,珠帘绣幕上金钩。列一百二十行经商财货,润八万四千户人物风流。平山堂,观音阁③,闲花野草;九曲池,小金山④,浴鹭眠鸥。马市街,米市街,如龙马聚;天宁寺⑤,咸宁寺⑥,似蚁人稠。茶房内,泛松风,香酥凤髓;酒楼上,歌桂月,檀板莺喉。接前厅,通后阁,马蹄踏砌⑦;近雕栏,穿玉户,龟背球楼⑧。金盘露,琼花露⑨,酿成佳酝;大官羊,柳蒸羊⑩,馔列珍馐。看官场⑪,惯弹袖,垂肩蹴鞠;喜教坊⑫,善清歌,妙舞俳优。大都来一个个着轻纱,笼异锦,齐臻臻的按春秋⑬;理繁弦,吹急管,闹吵吵的无昏昼。弃万两赤资资黄金买笑⑭,拼百段大设设红锦缠头⑮。

[作者简介]

乔吉(1280 – 1345),字梦符,号笙鹤翁,又号惺惺道人,太原(今属山西)人。流寓杭州,一生未仕。与张可久并称为元散曲两大家。《金元散曲》收其小令二百零九首,套曲十一套。有近人所辑《梦符小令》行世。所作杂剧凡十一种,今存《金钱记》、《扬州梦》、《两世姻缘》,余皆不传。

[注释]

①本曲选自杂剧《杜牧之诗酒扬州梦》第一折。故事虽出自唐朝,但情景当为元时实录。

②玉榜:精美的船。榜,船桨。此处代以指船。

③观音阁:位于扬州城西北蜀冈东峰。宋代建有摘星楼,元代

僧申律开山,明洪武年间建寺,名"功德山",后改"观音禅寺",山亦称"观音山"。寺东南依山筑楼五楹,称"鉴楼",因相传其地为隋炀帝迷楼故址,取前车之鉴意。寺经数次毁建,现保存完好,为市级文物保护单位,亦为扬州游览名胜。

④小金山:参见张可久《双调·折桂令·小金山》曲注①。按乔吉所见小金山非今瘦西湖所见小金山,乃是贾似道筑云山阁者。

⑤天宁寺:位于扬州市区城北丰乐上街,今史公祠西侧。始建于东晋,相传为谢安别墅,后舍宅为寺,名谢司空寺。唐武则天证圣元年(695)改为证圣寺,北宋政和年间始赐名"天宁禅寺",明洪武年间重建,清代列为八大名刹之首。康熙南巡曾两次驻跸,后遭兵燹,经同治、光绪年间重建、增建,始复旧观。天宁寺规模宏大,殿阁巍峨,花木幽深。现辟为扬州博物馆,列为省级文物保护单位。

⑥咸宁寺:扬州古寺,元后已不存。

⑦马蹄踏砌:马蹄形的台阶。

⑧龟背球楼:带有六角花纹的格子长窗。

⑨金盘露:美酒名。宋罗大经《鹤林玉露》:"名酒之和者曰金盘露,劲者曰椒花雨。"琼花露:见《西湖老人繁胜录》:"酒名:玉楝槌、思春堂、皇都春……琼花露。"

⑩大官羊:意谓由御厨烹制的羊制食品。《汉官仪》曰:"大官,主膳食也。"柳蒸羊:烧蒸羊肉的柳姓名家。

⑪官场:三人蹴球的游戏。明王志坚《表异录·言行》:"白打,蹴鞠戏也。两人对踢为白打,三人角踢为官场。"

⑫教坊:古代官办的教习歌舞技艺的机构,唐代开始设置。教坊之设一直延至明清。

⑬"齐臻臻"句:指年龄相仿划一。

⑭赤资资:赤色灿烂貌。

⑮大设设:很大。设设,是大的形容词。

扬 州

吴师道

画鼓清箫估客舟①,　朱竿翠幔酒家楼②。
城西高屋如鳞起,　依旧淮南第一州。

[作者简介]

　　吴师道(1283-1344),字正传,婺州兰溪(今浙江兰溪)人。至治年间登进士第,延祐间为国子博士,以礼部郎中致仕。有《礼部集》、《诗杂说》、《战国策校注》等行世。

[注释]

　　①估客:行商。
　　②翠幔:绿色的酒旗。

依旧淮南第一州

过 扬 州

王 冕

东南重镇是扬州,　　分野星辰近斗牛①。
人物渐分南北异,　　江淮不改古今流。
琼花香委神仙佩,　　杨柳风闲帝子舟②。
十里朱帘晴不下,　　银罂翠管满红楼③。

[作者简介]

　　王冕(1287-1359),字元章,号煮石山农、饭牛翁、梅花屋主等,诸暨(今属浙江)人。出身农家,幼贫牧牛,靠自学而成通儒。后游大都(今北京),荐以翰林院官职而不就。归隐九里山,卖画为生。明朱元璋攻克婺州(今浙江金华),招入幕府授咨议参军,旋卒。工没骨花卉,尤善画梅。诗多写隐逸生活,语言质朴。有《竹斋集》。

[注释]

　　①"分野"句:指扬州所在地域,为斗星与牛星分野之所在。
　　②帝子舟:指隋炀帝的龙舟。
　　③银罂翠管:银罂,银子制作的小口大腹的盛酒器;翠管,碧玉镂雕的管状盛器,用以盛化妆品。

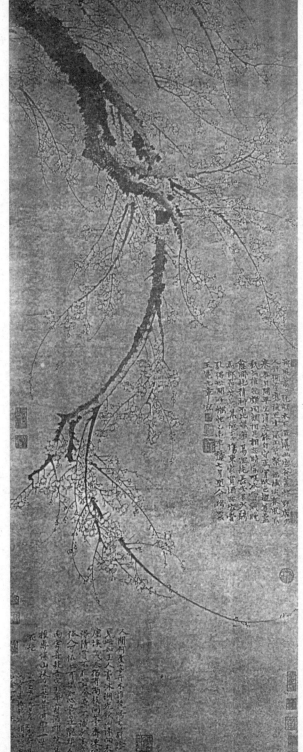

王冕《墨梅》

中秋广陵对月

张 翥

散尽浮云月在东, 白蕉衫冷小庭空。
星河夜影尊罍里, 城郭秋声鼓角中。
落叶有光时坠露, 鸣蛩无响不含风①。
此生五十三回见, 只遣嫦娥笑秃翁。

[作者简介]

张翥(1287－1368),字仲举,晋宁(今山西临汾)人。至元初,以隐逸荐,召为国子监助教。后退居淮东,隐于扬州。因修宋、辽、金三史,起为翰林国史院编修,累迁翰林学士承旨致仕。有《蜕庵集》、《蜕庵词》等。

[注释]

①鸣蛩:指秋虫。

和维扬友人

陈 旅

扬子江头水拍天,　　人家种柳住江边。
吴娃荡桨潮生浦①,　　楚客吹箫月满船。
锦缆忆曾游此地,　　琼花开不似当年。
竹西池馆多红药②,　　日夜题诗舞袖前。

[作者简介]

陈旅(1288-1343),字众仲,莆田(今属福建)人。因笃志于学,荐为闽海儒学官,受到马祖常、虞集的推崇,又荐引为国子助教。至正元年(1341)迁国子监丞,卒于官。有《安雅堂集》。

[注释]

①吴娃:吴地美女。
②红药:指芍药花。

竹西芳径(刘茂吉绘《扬州画舫录》插图)

鹧鸪天·扬州平山堂今为八哈师所居①

[朝鲜]李齐贤

乐府曾知有此堂,路人犹解说欧阳②。堂前杨柳经摇落,壁上龙蛇逸杳茫。　　云澹泞③,月荒凉,感今怀古欲沾裳。胡僧可是无情物,毳衲蒙头入睡乡④。

[作者简介]

李齐贤(1288-1367),字仲思,号益齐,元时高丽(朝鲜)人。忠肃王时,曾任高丽西海道安廉使。二十八岁时为忠宣王所赏,曾作为侍从随行至元大都(北京),后曾数次往返。著有《栎翁稗说》及诗歌乐府,表现其爱国心情。其词写景极工,笔姿灵活,为朝鲜词人之佼佼者。

[注释]

①八哈师:即八哈思,西蕃僧名。
②欧阳:指欧阳修。
③澹泞:澄深貌。
④毳衲:走兽细毛做的僧衣。

过广陵驿

萨都剌

秋风江上芙蓉老,　　阶下数株黄菊鲜。
落叶正飞扬子渡,　　行人又上广陵船。
寒砧万户月如水,　　老雁一声霜满天。
自笑栖迟淮海客①,　　十年心事一灯前②。

[作者简介]

　　萨都剌(1308-?),字天锡,号直斋,蒙古族人。居雁门,年弱冠登泰定四年(1327)进士,历官京口录事、燕南架阁官、闽海廉访知事、河北廉访经历等。性喜山水,后结庐安庆司空山太白台下,优游以终。诗笔清丽,长于抒情。有《雁门集》。

[注释]

　　①栖迟:滞留。
　　②十年心事:元顺帝至正六年(1346),诗人去江南诸道行台御史任职,第三次路过扬州,时距第一次离开扬州已十二年,诗人故有此叹。十年,取其整数。

双调·天香引·忆维扬

汤 式

　　羡江都自古神州：天上人间，吴尾楚头①。十万家画栋珠帘，百数曲红桥绿沼，三千里锦缆龙舟。柳招摇花掩映春风紫骝，玉叮当珠络索夜月香兜②。歌舞都休，光景难留。富贵随落日西沉，繁华逐逝水东流。

[作者简介]

　　汤式（生卒年不详），字舜民，号菊庄，元末象山（今属浙江）人。初为象山县吏，后流落江湖。明成祖在燕邸时，对他很优待，永乐年间尚有赏赐。性滑稽，工散曲，有《笔花集》抄本传世。著杂剧《瑞仙亭》、《娇红记》二种，皆不存。

[注释]

　　①吴尾楚头：此处指长江中下游一带地方。
　　②香兜：供妇女乘坐的简便轿子。

明 代

地当楚越帆樯动,
镇压江淮枕臂雄。

——李东阳

维扬怀古

曾　棨

广陵城里昔繁华，　　炀帝行宫接紫霞。
玉树歌残犹有曲，　　锦帆归去已无家。
楼台处处迷芳草，　　风雨年年怨落花。
最是多情汴堤柳，　　春来依旧带栖鸦。

[作者简介]

　　曾棨（1372－1432），字子棨，永丰（今属江西）人。永乐二年（1404）举进士第一，授修撰，历官至少詹事。谥襄敏。工书法，为文敏捷，千百言信笔立就。有《西墅集》。

琼 花

于 谦

爱尔蕃釐玉一丛，　　奇花不与八仙同①。
珑璁色染溥溥露②，　　烂莩香凝淡淡风③。
旧本取归蓬岛苑④，　　灵根移自蕊珠宫⑤。
无双亭上多铭记⑥，　　都在长吟感慨中。

[作者简介]

于谦(1398－1457)，字廷益，钱塘(今浙江杭州)人。永乐十九年(1421)进士，宣德初，授御史，迁兵部侍郎，土木之变后迁兵部尚书。天顺元年(1457)，英宗发动夺门之变，夺回帝位，他被诬谋逆弃世。万历间谥忠肃。有《于忠肃集》。

[注释]

①八仙：聚八仙花的省称。
②"珑璁"句：意谓琼花葱翠浓密的枝叶正缀满晨露。珑璁，同"茏葱"，花木繁茂貌。溥溥，散布貌。
③烂莩：花片绚丽。
④"旧本"句：意谓原株来自蓬莱仙岛园圃。
⑤蕊珠宫：道教所称的仙宫。
⑥无双亭：因琼花天下只此一株，宋欧阳修为扬州郡守时，曾建无双亭于蕃釐观中以护之。

扬州怀古

李东阳

日出芜城晓望空,　万家楼阁水烟通。
地当楚越帆樯动,　镇压江淮枕臂雄①。
民物盛朝还《禹贡》②,　离乱前代说隋宫。
琼花观里花无数,　寂寞荒台野草中。

[作者简介]

李东阳(1447-1516),字宾之,号西涯,茶陵(今属湖南)人。天顺八年(1464)进士。选庶吉士,授编修,官至文渊阁大学士,号称贤相。谥文正。为有明一代诗文大家。有《怀麓堂集》、《怀麓堂诗话》等。

[注释]

①镇压:控制意。
②《禹贡》:《尚书》中的一篇,是我国古代最早的地理著作。其中有"禹分天下为九州,淮海惟扬州"的记载。其时扬州的区域很大,包括今华东的广大地域,系人口众多、物产富庶之区。

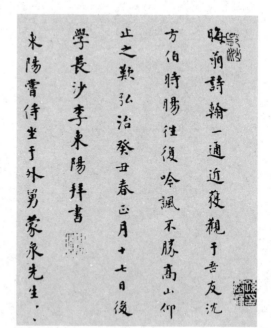

李东阳《题晦翁诗翰》手迹(局部)

过扬州平山堂二首

文徵明

莺啼三月过维扬,　　来上平山郭外堂。
江左繁华隋柳尽,　　淮南形胜蜀冈长。
百年往事悲陈迹,　　千里归人喜近乡。
满地落花春醉醒,　　晚风吹雨过雷塘。

平山堂上草芊绵,　　学士风流五百年①。
往事难追嘉祐迹②,　　闲情聊试大明泉③。
隔江秀色千峰雨,　　落日平林万井烟。
最是登临易生感,　　归心遥落片帆前。

[作者简介]

　　文徵明(1470－1559),初名璧,以字行,后更字徵仲,号衡山居士,长洲(今江苏苏州)人。以岁贡生荐试吏部,授翰林院待诏,后辞官归里。诗文书画皆工,而画尤为著名,与唐寅、祝允明、徐祯卿同称"吴中四才子"。"吴门画派"代表人物之一。有《甫田集》。

[注释]

　　①"学士"句:自北宋嘉祐至文徵明写诗时,正好五百年左右。学士,指欧阳修、苏轼等人。
　　②嘉祐迹:指嘉祐年间扬州太守刘敞与欧阳修诸人唱和平山堂诗一事。其时和者甚众。嘉祐,宋仁宗年号。
　　③大明泉:指大明寺西园内天下第五泉之水。据张又新《煎茶水记》说:"刑部侍郎刘公伯刍,称较水之与茶宜者,以扬州大明寺水为第五。"欧阳修曾建美泉亭于泉上。第五泉今存。

上巳谒四贤祠[1]

王 磐

谁排阊阖借天风[2], 满地尖埃一洗空。
万卷文章光海岳, 千年神爽积鸿蒙[3]。
兰亭旧迹浮云外, 禊社浓春细雨中[4]。
一瓣心香初奠罢, 倚栏呼酒送飞鸿。

[作者简介]

　　王磐（约1470－1530），字鸿渐，高邮（今属江苏）人。少时无心科举，筑楼于高邮城西，与当时名流觞咏其间，自号西楼。所作散曲多反映人民疾苦，被誉为"南曲之冠"。有《西楼乐府》等。

文游台内四贤祠

[注释]

① 四贤祠：在今高邮市名胜文游台内西南侧，祠内原供奉牌位，纪念宋代苏轼、孙觉、王巩、秦观四位先贤。今四贤祠已复旧观。上巳：旧时节日名。汉以前以农历三月上旬巳日为"上巳"；魏晋以后，定为三月三日，不一定取巳日。该日可禊饮踏青，游于水边，秉兰草，拂不祥。这是诗人于上巳拜谒四贤祠写的诗。

② 阊阖：天门。

③ 神爽：高邮湖西有神居山（今称天山），常有云气浮动，积于高空，称"神仙爽气"，为高邮八景之一。鸿蒙：此处谓高空。

④ 甓社：湖名，在高邮城西北，为今高邮湖的一部分。

文游台①

夏 言

盂城东北倚高台②,　　春日登临花盛开。
淮海风烟迎落帆,　　江湖渔鸟对衔杯。
舳舻千里沧浪接,　　楼观中天紫气回。
泽国微茫生远兴,　　长空渺渺鹤飞来。

[作者简介]

夏言(1482－1548),字公谨,贵溪(今属江西)人。正德十三年(1517)进士。世宗时为给事中,嘉靖时拜六卿,居首辅,为严嵩所忌,夺职放归。嵩败后复官。谥文愍。有《桂洲集》。

[注释]

①文游台:在今江苏高邮城区东侧。

②盂城:高邮的别称。因其城四隅皆低,城基独高,状如覆盂,故称。

古高邮文游台图

北双调·水仙子·广陵夜泊

金 銮

城边灯火几家楼,江上风波一叶舟。月中箫鼓三更后,听谁家犹唤酒。正烟花二月扬州①。人已去锦窗鸳甃②,物犹存青浦细柳,怨难平舞态歌喉。

[作者简介]

金銮(1494－1583),字在衡,号白屿,陇西(今属甘肃)人。随父侨居南京,遂定居于此。幼学举子业,长习诗歌,有"响振江南"之誉。性任侠,喜交游,布衣往来于淮扬、两浙间,所至颇受欢迎。工诗,钱谦益称其诗"风流宛转,得江左清华之致"。嘉靖、万历间为金陵诗坛盟主。其嘲调小曲诙谐多趣。有《徙倚轩集》,已不存。今有散曲集《萧爽斋乐府》。

[注释]

①"正烟花"句:按李白《黄鹤楼送孟浩然之广陵》诗,原作"烟花三月下扬州"。此曲作者为避免重字,有意将"三月"改为"二月"。

②锦窗鸳甃:指富贵人家的宅第。鸳甃,即鸳鸯瓦,上下配合成对的瓦。

南黄钟·画眉序·芜城词

朱曰藩

花月可怜宵,回首风江欲上潮,听竹西歌吹,犹记前朝。隋堤外一抹山光,夜市里双声水调。缠腰争打迷楼过①,满楼红袖相招。

[黄莺儿] 城锁月明桥,舞春风柳万条,画栏红药家家好。诗人彩毫,佳人玉箫,风流消得芜城老。夜迢迢,隔篱呼酒,揭调务头高②。

[集贤宾] 书寄平安街子报,掌中偏孅妖娆。善和坊里把诗嘲③,张公子从来俌俏④。茶烟鬓飘,春梦醒觥船一棹⑤。空扰扰,总不如大槐安稳著金貂⑥。

[琥珀猫儿坠] 蜀冈钟梵⑦,禅智旧僧寮。苦海回头须及早,远公为我设香醪⑧。陶陶,正下界林昏上方月晓。

[尾声] 江南江北无芳草,叹岁暮菉葹载道⑨,且吟就东阁官梅何水曹⑩。

[作者简介]

朱曰藩(1501-1561),字子价,号射陂,宝应(今属江苏)人。嘉靖二十三年(1544)进士,历官乌程知县、南京刑部主事、礼部郎中、江西九江府知府。为人狷介,隽才博学,以文章显名。工书法,善诗文。有《山带阁集》、《射陂集》、《宝应朱氏家乘》、《池上编》等。

[注释]

①缠腰:即《殷芸小说》所载"腰缠十万贯,骑鹤上扬州"之意。
②揭调:高亢的调子。明杨慎《丹铅总录·诗话·揭调》:"乐

府家谓揭调者,高调也。"务头:戏曲术语,指曲中紧要精彩动听之处。

③善和坊:唐范摅《云溪友议》卷五:"崔涯者,吴楚之狂生也,与张祜齐名。每题一诗于娼肆,无不诵之于衢路……祜涯久在维扬,天下晏清,篇词纵逸,贵达钦惮,呼吸风生,颇畅此时之意也。赠端端(李端端)诗曰:'觅得黄骝鞁绣鞍,善和坊里取端端,扬州近日浑相诧,一朵能行白牡丹。'"后因以"善和坊"指士人冶游赋诗之地。

④俏俏:此处作俊美解。明叶宪祖《寒衣记》第二折:"虽则瘦损了沈郎腰,依然还是风流俏俏。"

⑤"春梦"句:意谓一枕春梦醒来,举起觥船一饮而尽。觥船,容量大的饮酒器。唐杜牧《题禅院》诗:"觥船一棹百分空,十岁青春不负公。"

⑥"总不如"句:意谓还是在梦境中去享受富贵,以免劳碌。大槐安,指唐李公佐传奇《南柯太守传》中之大槐安国。故事叙述淳于棼梦至槐安国,娶公主,封南柯太守,荣华富贵,显赫一时,后率师出征战败,公主亦死,遭国王疑忌,被遣归。醒后,在庭前槐树下掘得蚁穴,即梦中之槐安国。

⑦钟梵:即梵钟,佛寺中的大钟。

⑧远公:原指晋代庐山东林寺的高僧慧远,此处代指禅智寺中的住持和尚。

⑨菉葹:两种野草名。

⑩东阁官梅:语本杜甫《和裴迪登州东亭送客逢早梅相忆见寄》诗云:"东阁官梅动诗兴,还如何逊在扬州。"

送子相归广陵①

李攀龙

广陵秋色雨中开，　　系马青枫江上台。
落日千帆低不度，　　惊涛一片雪山来。

[作者简介]

　　李攀龙（1514—1570），字于鳞，号沧溟，历城（今山东济南）人。嘉靖二十三年（1544）进士，历陕西提学副使，累官至河南按察使。因母死悲极而卒。为明代"后七子"之一，有《沧溟集》、《古今诗删》等。

[注释]

　　①子相：即宗臣，兴化（今属扬州）人。为"嘉靖七子"之一，作者好友。

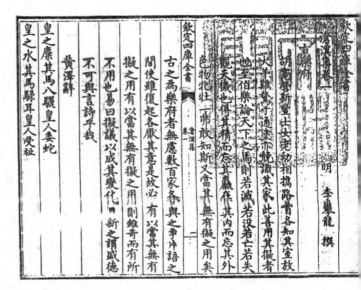

李攀龙《沧溟集》书影

广陵访周公瑕不遇,云自仪真失之①

王世贞

豪华自古让维扬,一水横江即异乡。
二十四桥歌吹遍,不知何处觅周郎②。

[作者简介]

王世贞(1526—1590),字元美,号凤洲,自号弇州山人,太仓(今属江苏)人。嘉靖十六年(1537)进士。初为刑部主事,累官至刑部尚书。才识渊博,工诗古文。为明"后七子"之一。著有《弇州山人四部稿》等多种。

[注释]

①仪真:今江苏仪征。
②周郎:即作者朋友周公瑕。

王世贞像

邵伯湖夜泊[①]

于慎行

日暮倚兰桡[②]，秋江正寂寥。
驿门斜对雨，郡郭远通潮。
急橹看商舶，寒灯见市朝。
隋堤前路近，欲听月中箫。

[作者简介]

于慎行(1545-1607)，字可远，更字无垢，东阿(今属山东)人。隆庆二年(1568)进士，历修撰、充日讲官，累官至礼部尚书。谥文定。有《谷城山馆诗集》、《谷城山馆文集》等。

[注释]

①邵伯湖：在今江苏高邮、江都二县界。京杭大运河西岸。
②兰桡：船桨的美称。

广陵夜

汤显祖

金灯飒飒夜潮寒,　　楼观春阴海气残①。
莫露乡心与离思,　　美人容易曲中弹。

[作者简介]

汤显祖（1550–1616），字若士，一字义仍，号清远道人，临川（今江西抚州）人。万历十一年（1583）进士，任南京太常寺博士，礼部主事，官终浙江遂昌知县。明代杰出戏曲作家，戏曲有《玉茗堂四梦》及《紫箫记》五种，以《牡丹亭》最著名。另有诗文集《玉茗堂集》等多种。

[注释]

①海气：海面上或江面上的雾气。

汤显祖像

扬州晓泊

袁宏道

薄雾随风尽，　　寒霜对酒销。
芋魁腾晓市①，　　蟹子趁归潮。
往事琼花观，　　新沟扬子桥。
虽然富罗绮，　　未必似前朝。

[作者简介]

袁宏道(1568-1610)，字中郎，号石公，公安(今属湖北)人。万历二十年(1592)进士，选吴县知县，官终吏部郎中。与兄宗道、弟中道并称三袁，为"公安派"领袖人物。诗文主"性灵说"，散文在明代独具一格。有《袁中郎全集》。

[注释]

①芋魁：芋艿的块茎。亦泛指薯类植物的块茎。

今之蕃釐观(琼花观)

次广陵漫作三首(选二)

吴稼𤲞

晓看京口月,　　暮拂广陵烟。
柳影时分浪,　　花香几到船。
市人袭重锦①,　　商女弄繁弦②。
一片豪华地,　　谁论大业年?

日映维扬郭,　　朱楼夹道高。
银筝徒殢客③,　　金穴岂知豪④?
盐井周千里,　　漕渠集万艘⑤。
游观非往昔,　　梦落曲江涛。

[作者简介]

　　吴稼𤲞(生卒年不详),字翁晋,孝丰(今浙江安吉)人。约万历年间在世。少时以诗见称于王世贞,与吴梦旸、臧懋循、茅维交游,时称"四子"。官南京光禄寺典簿,累迁云南通判。有《元盖副草》。

[注释]

　　①重锦:精美的丝织品。
　　②商女:歌女。杜牧《泊秦淮》:"商女不知亡国恨,隔江犹唱《后庭花》。"
　　③殢客:留住客人。
　　④"金穴"句:意谓不知道这些豪富人家有多少财富。金穴,藏金之窟,指富豪之家。
　　⑤"漕渠"句:意谓运河里聚集着上万条大船。漕渠,指运送漕粮的大运河。艘,大船。

登扬州城楼

徐　熥

淮水微茫远接天，隋宫秋草自芊芊。
当时歌舞人何在？落日空山闻断蝉。

[作者简介]

徐熥（1580？－1637？），字惟和，闽县（今福建福州）人。万历四十六年（1618）举人，负才淹蹇，致力于诗歌。有《幔亭诗集》。

扬州古城楼

甲申秋渡江感怀①（二首选一）

瞿式耜

半规凉月夜将阑，似趁邗沟旅梦残。
晓色渐升溪树里，潮声欲涨簟纹寒②。
鱼龙莽伏知何意③？燕雀堂高莫剧安④。
指点断云荒戍里，几回击楫过江干⑤？

[作者简介]

瞿式耜（1590－1650），字起田，号稼轩，常熟（今属江苏）人。万历四十四年（1616）进士。崇祯初擢户科给事中，南明弘光朝时任右佥都御史，巡抚广西。隆武二年（1646）拥立桂王，进东阁大学士。桂王奔全州，自请留守桂林。清顺治七年（1650）清兵攻桂林，城破，与总督张同敞皆被执，不屈死。有《瞿忠宣集》。

瞿式耜像

[注释]

①此诗作于甲申年（1644）秋，时距明思宗朱由检吊死北京煤山已近半年。五月十五日，福王朱由崧即位南京，曾坐事去职的瞿式耜复被起用。这是他由扬州渡江南下之作。诗中表现了诗人对时局变幻的不安和对南明小朝廷沉湎于逸乐的忧虑，以及自己击楫报国的决心。

②簟纹：竹席上的花纹。此处代指竹席。

③"鱼龙"句：喻指李自成义军和清兵。此时李自成的大顺军已败撤山西、陕西，清军的大兵正意图南下，时局变幻莫测，诗人对此忧心忡忡，深为不安。鱼龙，原泛指鳞介水族。

④"燕雀"句：用"燕雀处堂"故事。《孔丛子·论势》："燕雀处屋，子母相哺，煦煦焉其相乐也，自以为安矣；灶突炎上，栋宇将焚，燕雀颜色不变，不知祸之将及已也。"比喻处境危险而不自知。此处指南明弘光帝及马士英、阮大铖之流偏安江左，纸醉金迷，不以国事为意。诗人告诫他们，如此下去，将是燕雀处堂大厦将焚的亡国之兆。

⑤击楫：语本《晋书·祖逖传》："仍将本流徙部曲百余家渡江，中流击楫而誓曰：'祖逖不能清中原而复济者，有如大江！'"后因以"击楫"形容志节慷慨。此处诗人以祖逖自喻，将如祖逖报效国家。

扬 州

陈子龙

淮海名都极望遥,　江南隐见隔南朝。
青山半隐瓜洲树,　芳草斜连扬子桥①。
隋苑楼台迷晓雾,　吴宫花月送春潮②。
汴河尽是新栽柳,　依旧东风恨未消。

[作者简介]

　　陈子龙(1608－1647),字卧子,号大樽,松江华亭(今上海松江)人。崇祯十年(1637)进士,选绍兴推官,南明宏光朝时任兵科给事中。见朝政腐败,乃辞官归去。清军破南京后,在松江起兵抗清,称监军。事泄,于苏州被捕,解送途中乘隙投水死。后期诗歌风格一变,多悲愤苍凉之音,其词亦卓然成家。

陈子龙像

有《陈忠裕全集》。

[**注释**]

①扬子桥:在扬州城南约十五里,即古代之扬子津。
②吴宫:扬州古代属吴地,吴宫指旧时宫殿。

寄题影园[①]

陈肇曾

一水潆回草树繁，　　行人呼作小桃源。
藏烟宿鹭荷千顷，　　叫月穿鹂柳万屯。
种得好花通是圃，　　生来古木榜为门。
广陵绝胜知何处？　　不说迷楼说影园。

[作者简介]

　　陈肇曾(生卒年未详)，字昌基，侯官(今福建福州)人。明季游扬，与影园主人郑元勋友善。

[注释]

　　①影园：位于扬州城南，今荷花池公园南。为明代郑超宗所建。书法家董其昌因其园多柳影、水影、山影，故题名"影园"。影园营造十余年始成。诗中前六句均写园中景色。据《扬州画舫录》记载，影园四面环水，位于湖中长屿上，"前后夹水。隔水蜀冈，蜿蜒起伏，尽作山势，柳荷千顷，葭苇生之。园户东向，隔水南城脚岸，皆植桃柳，人呼为'小桃源'。入门山径数折，松杉密布，间以梅杏梨栗。山穷，左荼蘼架，架外丛苇，渔罟所聚；右小涧，隔涧疏竹短篱。篱取古木为之，围墙甃乱石，石取色斑似虎皮者，人呼为虎皮墙。小门二，取古木根如虬蟠者为之。入古木门，高梧夹径；再入门，门上嵌(董)其昌题'影园'石额"。园中则有玉勾草堂、半浮阁、淡烟疏雨、滃翠亭、荣窗阁、媚幽阁诸胜，颇多山林野趣，为扬州明末著名园林。近年来发现影园旧址，扬州市政府将于旧址重建此园。

邗　沟

岳　岱

隋皇昔日锦帆游，　　吴楚分疆是此沟①。
两岸烟花迷贾客，　　万家杨柳挂新秋。
北瞻燕阙三千里②，　　西望金陵十四楼③。
淮海岷江都会地④，　　繁华雄盛古扬州。

[作者简介]

岳岱(生卒年不详)，字东伯，号秦余山人，又号漳余子，苏州(今属江苏)人。隐阳山，善画能诗。有《阳山志》、《山居稿》。又辑时人诗作为《今雨瑶华集》。

[注释]

①"吴楚"句：吴楚，指于隋时设立的吴州(今扬州)、楚州(今淮安、淮阴一带)。邗沟至淮安末口为止，过此即为楚州地界。故有此说。

②燕阙：指燕京，明朝的都城。

③十四楼：十四处官妓居住之楼，明初建于南京。杨慎《词品》载："洪武中建来宾、重译、清江、石城、鹤鸣、醉仙、乐民、集贤、讴歌、鼓腹、轻烟、淡粉、梅妍、柳翠十四楼于南京，以处官妓。"

④"淮海"句：意谓扬州为淮河、长江交汇之地。岷江为长江支流，此处代指长江；江苏淮河以北地区称淮海，此处代指淮河。

清 代

关情最是扬州路,
十里珠楼卷幔香。

——宗元鼎

十月朔抵广陵二首(选一)

钱谦益

隋苑荒台叶不飞， 竹西鼓吹正依稀。
流萤尚作芜城梦， 跨鹤真同华表归①。
旧事月明空在眼， 新愁《水调》欲沾衣②。
笊篱湾畔孤坟在③， 万点寒鸦送落辉。
（故人顾所建，夏国公勋卫也。墓在笊篱湾旁。）

[作者简介]

　　钱谦益(1582－1664)，字受之，号牧斋，又号蒙叟，常熟(今属江苏)人。明万历三十八年(1610)进士，官至吏部侍郎，坐事削籍归。南明福王召授礼部尚书，降清后授礼部右侍郎，不久即乞归，与柳如是唱和为乐。其诗文与吴伟业、龚鼎孳并称"江左三大家"。有《有学集》、《初学集》、《投笔集》，另编选有《列朝诗集》等。

[注释]

　　①"跨鹤"句：指丁令威跨鹤归来，停在故乡城门华表柱上事。以喻物是人非。
　　②《水调》：曲调名。
　　③笊篱湾：地点不详。

扬州四首(选二)

吴伟业

叠鼓鸣笳发棹讴①,榜人高唱广陵秋②。
官河杨柳谁新种③,御苑莺花岂旧游。
十载西风空白骨,廿桥明月自朱楼④。
南朝枉作迎銮镇⑤,难博雷塘土一丘。

拨尽琵琶马上弦,玉钩斜畔泣婵娟。
紫驼人去琼花院⑥,青冢魂归锦缆船。
豆蔻梢头春十二⑦,茱萸湾口路三千⑧。
隋堤璧月珠帘梦⑨,小杜曾游记昔年⑩。

[作者简介]

吴伟业(1609—1672),字骏公,号梅村,太仓(今属江苏)人。明崇祯四年(1631)进士,授翰林院编修,迁东宫侍读、南京国子监司业。弘光朝拜少詹事,因与马士英、阮大铖不合而辞官归里。明亡后,为清廷所迫,出为秘书院侍讲,迁国子监祭酒,旋以丁母忧归。其诗激楚苍凉,与钱谦益、龚鼎孳并称

吴伟业像

"江左三大家",有《梅村集》及传奇杂剧数种。

[**注释**]

①棹讴:船歌。

②榜人:船夫,舟子。

③官河:即古运河。

④廿桥:即廿四桥。

⑤迎銮镇:原指白沙驿(今江苏仪征)。赵匡胤发动政变时,曾遭到淮南节度使(治扬州)李重进的反抗。在平定李重进之后,即改白沙驿为迎銮镇。此处借喻南明弘光小朝廷当时虽占据扬州,却未能逃脱与隋炀帝相似的命运。

⑥紫驼人:指隋炀帝的嫔妃宫女。紫驼,即紫栗色的骆驼。

⑦豆蔻梢头:用杜牧《赠别二首》其一"豆蔻梢头二月初"诗意。

⑧"茱萸"句:意指宫女们从京城到扬州茱萸湾的路程之长。三千乃是泛指,并非实数。

⑨璧月:对月亮的美称。

⑩小杜:指唐代诗人杜牧。

扬　州[①]

钱澄之

水落邗沟夜泊船，　　一般风物客凄然。
关门仍旧千樯塞[②]，　　市井重新百货填。
商贾不离争利地，　　儿童谁识破城年[③]。
当时百万人同尽，　　博得孤忠史相传[④]。

[作者简介]

　　钱澄之(1612-1693)，字饮光，初名秉镫，字幼光，后改号田间，桐城(今属安徽)人。明诸生。南明桂王称帝时，授庶吉士，官至编修、知制诰。桂林被清军攻占后，一度削发为僧，名西顽。诗风平淡，得白居易、陆游之神髓。部分诗作表现出眷怀明室的感情和亡国的哀痛，记述了清军的暴行。有《田间诗集》、《田间文集》、《所知录》、《藏山阁诗存》、《藏山阁文存》等。

[注释]

　　①这是诗人于康熙十一年(1672)秋至扬州访友时的作品。此时距顺治二年(1645)的"扬州十日"已二十七年，诗人目睹眼前风物，看到扬州已从屠城的阴影中走出，帆樯拥塞，百货充盈，渐复旧观。然而他始终难以忘怀屠城的惨痛和对明督师史可法的缅怀。诗中忠实地再现了"扬州十日"二十余年后的画面。
　　②关门：指扬州钞关。
　　③破城年：指顺治二年(1645)清兵南下攻破扬州。
　　④史相：指史可法。

过史公墓①

吴嘉纪

才闻战马渡滹沱②，南北纷纷尽倒戈。
诸将无心留社稷③，一抔遗恨对山河④。
秋风暮岭松篁暗，夕照荒城鼓角多。
寂寞夜台谁吊问⑤，蓬蒿满地牧童歌。

[作者简介]

　　吴嘉纪(1618－1684)，字宾贤，号野人，泰州(今属江苏)人。蛰居家乡，生活贫困，晨夕以吟咏自适。五言诗为王士禛所欣赏。诗风劲健，反映盐民、灾民等的疾苦与揭露清军暴行之作，尤具特色。有《陋轩诗集》。

[注释]

　　①史公墓：在广储门外，位于御马(码)头东端，今史可法路西侧。明万历二十年(1592)，扬州知府浚城濠，在此聚土成岭，后遍植梅花，因称梅花岭。史可法督师守扬州，清兵破城被执，不屈而死(一说死于乱军之中)。嗣子史德威求遗骸不可得，乃具衣冠葬于梅花岭下，墓前有碑，书"明督师兵部尚书兼东阁大学士史公可法之墓"十九字。清乾隆三十三年(1768)，在墓侧建祠。自此梅花岭、史公祠融为一体，成为瞻仰英烈、观赏梅花之胜地。
　　②"才闻"句：意谓清兵刚占领河北省地带。滹沱，子牙河的北源，在河北省西部。
　　③诸将：指史可法麾下刘泽清、刘良佐诸将投降清军。
　　④抔：量词，捧。
　　⑤夜台：坟墓。亦借指阴间。唐刘禹锡《酬乐天见寄》诗："华屋坐未能几日，夜台归去便千秋。"

董井[1]

吴嘉纪

一泓汉家水，苔深汲者寡。
当时供大儒[2]，今日饮战马[3]。

吴嘉纪像

[注释]

[1] 董井：位于扬州市区运司公廨五十一号内，此处原为运盐使司衙署，传为西汉江都王相董仲舒宅，旧有井名董井。明宣德九年(1434)，盐运使何士英鬐治，并盖井亭。清道光十九年(1839)，运使姚莹为置石井栏。现井亭已不存，井和石栏完好。

[2] 大儒：指汉儒董仲舒（前179－前104），西汉哲学家、今文经学大师。广川（今河北枣强东）人。曾任博士等职。

[3] "今日"句：指扬州为清兵占领。

望江南·扬州

吴 绮

扬州路,人醉竹西亭。画桨船头荷叶大,玉箫桥上柳花轻①,山送过江青。 扬州夜,花月拥邗关②。锦瑟两行倾玉碗③,红灯千影照珠鬟④,春漏不曾寒⑤。

[作者简介]

吴绮(1619-1694),号听翁,又号丰南。扬州人。顺治十一年(1654)拔贡,授秘书院中书舍人,官至浙江湖州知府。因其多风力,尚风节,饶风雅,人称"三风太守"。情坦易,四方名流过从,赋诗游宴无虚日,坐是罢归。才华富艳,人称"红豆词人",有《林蕙堂集》及传奇三种等。

[注释]

①玉箫桥:指二十四桥。杜牧《寄扬州韩绰判官》:"二十四桥明月夜,玉人何处教吹箫?"

②邗关:指扬州钞关一带。是处当时秦楼楚馆、茶寮酒肆遍布,且多画舫。

③锦瑟:原指漆有织锦纹的瑟,此处代指美丽的侍女或歌女。

④珠鬟:即珠环。缀珠的环形饰物。

⑤春漏:春日的更漏,多指春夜。不曾寒:意谓已到春夜更深,依然无寒意。

芜城春日同菌次分韵①

宗元鼎

《水调》愁人唱夕阳②,　春风何处不褰裳③?
咬咬鸭睡堤边草④,　轧轧车鸣陌上桑。
野店酒旗临水渡,　　市桥烟柳映芳塘。
关情最是扬州路,　　十里珠楼卷幔香⑤。

[作者简介]

宗元鼎(1620－1698),字定九,号梅岑,别号小香居士,江都(今江苏扬州)人。家贫,力耕而食。隐于宜陵镇南之"新柳堂"。康熙十八年(1679)贡太学,部考第一,铨注州同知,未及仕,卒。有《新柳堂诗集》、《小香词》等。

[注释]

①菌次:即扬州红豆词人吴绮。作者朋友。
②《水调》:隋炀帝开汴河,自作《水调》,其声哀愁。
③褰裳:撩起衣襟。
④咬咬:鸟鸣声。此处指鸭鸣。
⑤幔:以布帛制成,用以遮蔽门窗的帘子。

赵雷文仪部榷税扬州①

孙枝蔚

藻思从来水部同②,　　新春关路货偏丰③。
帆樯万里开清晓,　　箫鼓中流韵晚风。④
鱼贾盐商歌总发,　　越裳南海路初通⑤。
只今鹤背腰缠客,　　无数隋堤绿柳中。⑥

[作者简介]

孙枝蔚(1620－1687),字豹人,号溉堂,三原(今属陕西)人。世为大贾。曾散财参与抵抗李自成义军,后只身走江都,折节读书,肆力于诗、古文。王士禛官扬州,豹人赠以诗,称为奇人,遂订交。康熙十八年(1679)举博学鸿词,因年老不赴,特旨授内阁中书。工诗词,多激壮之音,有《溉堂集》。

[注释]

①仪部:对礼部官员主事及郎中的别称。赵雷文原官居是职,故称之。榷税:征税。

②藻思:做文章的才思。水部:指南朝梁诗人何逊。何逊做过水部郎,后称何水部。赵雷文现官职与何逊相似,故以何逊作比。

③关路:指扬州钞关水路。

④"帆樯"、"箫鼓"两句:意谓清晓有万里而来的帆樯,晚风中有箫鼓的乐声发自中流,喻交通畅达,行旅欢欣。

⑤越裳:古南海国名。《后汉书·南蛮传》:"交趾之南,有越裳国。"唐杜甫《诸将》诗之四:"越裳翡翠无消息,南海明珠久寂寥。"

⑥"只今"、"无数"两句:意谓许多发了财的大商巨贾,都纷纷移居扬州,在隋堤绿柳中构别墅、置园林了。鹤背腰缠客,指扬州鹤故事。

红桥泛月

郭士璟

皓月澄空风景幽,　　大江千里一扬州。
遥分树色三山起①,　　四望溪光万顷流。
画舫不迷隋代路,　　高楼应照美人愁。
揭来清影随心赏②,　　短笛横箫夜未休。

[作者简介]

郭士璟(1620－1699),字眉枢,扬州人。顺治十二年(1655)进士,官常州府教授,迁国子监助教,晋工部主事,督榷九江,乞归。有《广陵旧迹诗》、《句云堂词》等。

[注释]

①三山:指蜀冈三峰。
②揭来:犹言去来。

游红桥①

费 密

飞乌女堞绕黄昏, 火攻犹见旧烧痕②。
春游画舫都年少, 一路箫声进水门。

[作者简介]

费密(1625-1701),字此度,号燕峰,又号卷隐,新繁(今属四川)人。曾组织武装对抗张献忠义军,失败后流寓今江都市邗村野田庄,跛一足,以授徒、卖文为生。通经史,工诗词,还精通天文、地理与医学,著书三十多部,二百余卷。今存《鹿峰集》、《燕峰集》、《中传正纪》、《弘道书》等。

[注释]

①诗人身为明末遗民,目睹少年人已淡忘扬州十日事,感慨系之,乃作此诗。红桥:一作虹桥。详见后王士禛《浣溪沙·红桥怀古三首(选二)》注①。

②"火攻"句:指清军于扬州城西北(今大虹桥附近)以大炮轰击,破城而入事。弘光元年(1645)四月二十四日,清兵以红衣大炮攻城,史可法日夜居西城楼,督率守城,"是时虽四面环攻,而西北角士卒尤密集,公祷天发炮,击死数百人。王(指多铎)怒,日督劲卒用巨炮轰击,声如巨雷,守陴者犹不退,发矢石如雨。城下死者山积,攻者反藉叠尸以登,蜂拥蚁聚,城遂陷。"(罗振常《史可法别传》)诗中所云"旧烧痕",即大炮攻城之遗迹。

玉钩斜

汪 琬

月观凄凉罢歌舞①,　　三千艳质埋荒楚②。
宝钿罗帔半随身③,　　蹋作吴公台下土。
春江如故锦帆非④,　　露叶风条积渐稀⑤。
萧娘行雨知何处⑥,　　惟见横塘蛱蝶飞。

[作者简介]

汪琬(1624-1691),字苕文,号钝翁,晚号尧峰,又号玉遮山樵,长洲(今江苏苏州)人。顺治十二年(1655)进士,授户部主事,迁刑部郎中,被疾假归。康熙十八年(1679)召试博学鸿词,授翰林院编修,因病乞归。琬散文与魏禧、侯方域并称"三大家"。有《钝翁类稿》等。

[注释]

①月观:南朝宋徐湛之建风亭月观,在广陵城北陂泽之畔。

②三千艳质:指为隋炀帝挽舟的三千殿脚女。荒楚:指野草丛木杂生之地。

③宝钿:以金翠珠玉制成的花朵形妇女首饰,亦称花钿。罗帔:丝织的披肩。

④锦帆:用《开河记》载隋炀帝乘龙舟出游,以锦为帆典故。

⑤风条:风中的枝条。明高启《夜坐天界西轩》诗:"烟幔萤微度,风条蝉罢喧。"

⑥萧娘:此处喻指隋炀帝皇后萧后。据《隋书·后妃传》:"及宇文氏之乱,(萧后)随军至聊城。化及败,没于窦建德。突厥处罗可汗遣使迎后于洺州,建德不敢留,遂入于虏庭。大唐贞观四年,破灭突厥,乃以礼致之,归于京师。"行雨:指男女欢会之事。

莺啼序·春日游平山堂即事

陈维崧

　　三月雷塘口，多少游丝浴鹭。正潋滟①，文縠初平②，金沟种满芳树。屏幕津楼斜蘸水③，秋千春院闲吹絮。喜夹衣初试，艇子一双摇去。　　阵阵鬓丝，层层帘影，齐向平山渡。隔船纱、袅袅亭亭，影落渌波深处。照菱花、水面明妆，唱竹枝、风前诗句。又东园，芍药才红，金铃争护④。

　　兰桡小拢，看绕径裙花，漾尘微步。渐铺遍、氍毹玉笙⑤，飞觥春纤拂素⑥。红子低敲⑦，青梅小摘，栏杆却立频回顾。蓦地见、玉钩斜下路。伤今吊古，黯然偷注横波，此处是隋皇墓。　　几番怊怅，流水东风，往事浑无据。且趁江流正滑，好放蜻蜓⑧，慢摇纨扇，重歌《金缕》。暝翠将沉，船头欲转，茱萸湾子红桥下。妒游童、宝马将人觑。可怜此际归来，两岸榆钱，一天丝雨。

[作者简介]

　　陈维崧(1625－1682)，字其年，号迦陵，宜兴(今属江苏)人。明末四公子之一陈贞慧之子，少负才名，诸生。康熙十八年(1679)召试博学鸿词科，授检讨，与修《明史》。越四年，卒于官。工骈文、诗、词。尤以词最著，为阳羡词派开山。曾流寓扬州较长时间，与在扬名士多交往。有《湖海楼诗文词全集》。

[注释]

　①潋滟：光耀貌。
　②文縠：彩色皱纱。此处喻水波。
　③津楼：水边楼。
　④金铃：金属制成的小铃，用以惊吓鸟雀，保护花木。《开元天

宝遗事》:"天宝初,宁王……于后园中纫红丝为绳,密缀金铃,系于花梢之上,每有鸟鹊翔集,则令园吏掣铃索以惊之。惜花之故也。"

⑤"渐铺"句:意谓渐渐地四处变成了奏乐的歌舞场地或舞台。氍毹,一种以毛与其他纤维混合织成的地毯,多用于舞台或歌舞场地。玉笙,玉饰的笙,此处代指奏乐声。

⑥"飞觞"句:意谓有美女频频传杯。飞觞,传杯。春纤拂素,掠过女子雪白的玉手。

⑦红子:指棋子。明陈子龙《画堂春·春闺词》:"拾翠绿云斜軃,斗棋红子闲敲。"

⑧蜻蛉:指一种小船。亦称蜻蜓舟。

红 桥[①]

朱彝尊

春芜小雨满城隈[②], 茅屋疏篱两岸开；
行到红桥转深曲, 绿杨如荠酒船来。

[作者简介]

朱彝尊(1629—1709)，字锡鬯，号竹垞，又号金风亭长，晚号小长芦钓师，秀水(今浙江嘉兴)人。康熙十八年(1679)举博学鸿词，授检讨，寻入直南书房，曾参加编纂《明史》。罢归后，殚心著述。学识淹博，工诗词古文，为浙西词派的创始者。有《曝书亭集》。

[注释]

①红桥：又名虹桥。详参后王士禛《浣溪沙·红桥怀古三首(选二)》注①。

②春芜：浓碧的春草。城隈：城角。

朱彝尊像

蝶恋花·扬州早春同沈覃九赋①

朱彝尊

十里雷塘歌吹远,柳巷人家,蘸水鹅黄浅②。游子春衣都未换,钿车早已东城偏③。　　妆冷罢遮蝉雀扇④,最恨微风,不放珠帘卷。斜露翠娥刚半面,心飞玉燕钗头颤⑤。

[注释]

①沈覃九:即沈岸登,嘉兴(今属浙江)人。工诗词,善书画,有"三绝"之誉。与朱彝尊、李符、李良年等称"浙西六家"。

②鹅黄:借喻嫩柳之色。宋方千里《过秦楼》词:"拂柳鹅黄,草揉螺黛。"

③"钿车"句:意谓虽系早春,踏青者已纷纷出游。钿车,用金宝嵌饰的车子。

④蝉雀扇:绘有蝉雀的扇子,此谓精美之扇。

⑤玉燕钗:钗名。《洞冥记》:神女留玉钗以赠帝,帝以赐赵婕妤。至昭帝元凤中,宫人犹见此钗。共谋欲碎之。明日示之,既发匣,有白燕飞升天。后宫人学作此钗,因名玉燕钗,言吉祥也。李白《白头吟》:"头上玉燕钗,是妾嫁时物。"

蜀冈怀古四首

屈大均

玉槛珠帘总一丘，　　春魂多半在迷楼。
蘼芜亦爱雷塘路，　　十月青青自不秋。

一路飞桥压水低，　　芙蓉多与酒船齐。
依依最是三春柳，　　系得君王不复西①。

春云黯黯美人斜②，　　秋草萋萋帝子家。
一代红颜在何处？　　可怜都作广陵花。

一片平芜接海天，　　江南山色堕楼前。
双双浮玉天风外③，　　空翠飞来化作烟。

[作者简介]

　　屈大均（1630－1696），初名绍隆，字翁山，又字介子，番禺（今广东广州）人。明末诸生。清兵攻粤，曾参加抗清活动，失败后削发为僧，名今种。后还俗，北走燕赵，与顾炎武、李因笃等交往，阴有复明之志。工诗，尤长于描写山林边塞景物。与陈恭尹、梁佩兰并称"岭南三大家"。有《九歌草堂集》、《广东新语》等多种。

[注释]

　　①君王：指隋炀帝。
　　②美人斜：即玉钩斜。
　　③浮玉：浮玉山的省称。原指仙人居住的地方，此处指江中的金、焦二山。宋周必大《二老堂杂志·记镇江府焦山》："焦山大江环绕，每风涛四起，势欲飞动，故南朝谓之浮玉山。"

画屏秋色·芜城秋感

彭孙遹

野照芜城夕①。送远目,云水苍茫不极②。琼蕊音遥③,青楼梦杳,玉钩人寂④。何处认隋宫?见衰草寒烟堆积。攒一片,伤心碧。听柳外哀蝉,风高响殢⑤,如诉兴亡旧恨,声声无力。　　今昔,可胜凄恻⑥,莫重问、锦帆消息⑦。竹西歌吹,淮南笙鹤⑧,尽成陈迹。转眼又西风,辞巢越燕还如客⑨。落叶千重萧槭⑩。万事总销沉,惟有清江皓月,曾照昔人颜色。

[作者简介]

彭孙遹(1631–1700),字骏孙,号羡门,又号金粟山人,海盐(今属浙江)人。顺治十六年(1659)进士。康熙己未(1679)召试博学鸿词,以第一人授编修。历官吏部左侍郎,兼掌院学士。工诗,尤善填词,为王士禛所推重。著有《松桂堂集》、《延露词》、《金粟词话》等。

[注释]

①野照:原野上的夕阳。
②不极:此处为无穷,无限意。宋孙光宪《河渎神》词:"独倚朱栏情不极,魂断终朝相忆。"
③琼蕊:琼花。
④玉钩:玉钩斜的省称。

彭孙遹像

蜀冈古唐城遗址

⑤响屟:声音滞涩而不断。
⑥凄恻:因情景凄凉而感触悲伤。南朝梁江淹《别赋》:"是以行子肠断,百感凄恻。"
⑦锦帆:用《开河记》隋炀帝出游,以锦为帆典故。
⑧淮南笙鹤:原注:"淮南笙鹤用高骈事。"指高骈在道院中羽衣度曲事。高骈,唐僖宗时任江淮盐铁转运使和淮南节度使等职,驻广陵,割据江南,为祈求长生,于府第别建道院,侍女数百,皆羽衣霓裳,和声度曲。见《旧唐书·高骈传》。
⑨越燕:南来的燕子。越,指南方。
⑩萧槭:风吹落叶的凋零声。

隋　宫

陈恭尹

谷洛通淮日夜流①，　　渚荷宫树不曾秋。
十年士女河边骨，　　一笑君王镜里头。②
月下虹霓生水殿，　　天中丝管在迷楼。③
繁华往事邗沟外，　　风起杨花无那愁④。

[作者简介]

　　陈恭尹(1631–1700)，字元孝，号半峰，晚号独漉，顺德(今属广东)人。清初诗人、书法家。幼时其父陈邦彦抗清牺牲，他以逃匿得免。以父荫，南明桂王授为锦衣卫指挥佥事。桂王失败后，避迹隐居。其诗多有颂扬抗清人物之作。与屈大均、梁佩兰并称为"岭南三大家"。有《独漉堂集》。

[注释]

　　①谷洛通淮：隋炀帝曾从河南洛阳引谷水、洛水达于黄河，又自板渚(河南汜水南)引黄河水通淮河。
　　②"十年"、"一笑"两句：首句意谓炀帝在位十多年，因开运河，造龙舟东巡，使无数百姓为服役死于非命；次句言隋炀帝曾揽镜自照，对萧后说："好头颈，谁当斫之？"喻炀帝死期不远。
　　③"月下"、"天中"两句：首句言灯影如虹霓起自龙舟(即水殿)；次句言如在天上奏乐的弦管出于迷楼。
　　④无那：无奈，无可奈何。

浣溪沙·红桥怀古三首(选二)①

王士禛

北郭清溪一带流,红桥风物眼中秋,绿杨城郭是扬州。　西望雷塘何处是?香魂零落使人愁,淡烟芳草旧迷楼。

白鸟朱荷引画桡②,垂杨影里见红桥,欲寻往事已魂销。　遥指平山山外路,断鸿无数水迢迢,新愁分付广陵潮。

王士禛像

[作者简介]

王士禛(1634-1711),字贻上,号阮亭,别号渔洋山人,新城(今山东桓台)人。顺治十五年(1658)进士。初授扬州府推官,后升礼部主事,累官至刑部尚书。谥文简。诗词主"神韵说",与朱彝尊齐名,并称"朱王"。为清初诗坛一代宗匠,主持风雅近五十年。有《带经堂全集》。

[注释]

①红桥:一名虹桥。"虹桥览胜"为扬州北郊二十四景第一景观。据《扬州览胜

录》记载:"(红桥)建于明崇祯间,跨保障湖(今瘦西湖)水口,围以红栏,故名曰红桥……明季即称胜地。清乾隆元年,郎中黄履昂改建为单拱石桥。十五年以后,巡盐御史吉庆、普福、高恒俱经重建,于桥上建过桥亭,'红'改作'虹'。先是康熙间王渔洋司理扬州,修禊红桥,与诸名士赋冶春于此;乾隆间卢雅雨转运两淮,提倡风雅,修禊红桥,作七言律诗四首,其时和者七千余人……自是虹桥之名大著于海内。故当时四方贤士大夫来扬者,每以虹桥为文酒聚会之地。"

②白鸟:白羽的鸟,指鹭、鹤之属。画桡:指画船。

红桥二首

王士禛

舟入红桥路,　　垂杨面面风。
销魂一曲水,　　终古傍隋宫。

水榭迎新秋,　　素舸自孤往①。
漠漠柳绵飞②,　　时时落波上。

[注释]

①素舸:未加装饰的船。
②漠漠:密布貌。

王士禛诗轴

再过露筋祠[1]

王士禛

翠羽明珰尚俨然[2],　　湖云祠树碧于烟。
行人系缆月初坠,　　　门外野风开白莲。

[注释]

　①露筋祠:位于今江苏高邮与江都两市交界处露筋镇的运河西岸,枕邵伯湖面河而立。据传,唐时有女夜过此地,囿于礼教,不肯随意住宿人家,遂遭蚊虫叮咬而死,"其筋见焉"。乡人于此建女神祠,名露筋祠。历代名人甚多题咏,以士禛此诗为绝唱。露筋祠部分建筑1959年秋运河拓宽前尚存。
　②翠羽明珰:泛指珍贵的饰物。指女神塑像的佩饰。俨然:整齐端重的样子。

冶春绝句十二首①(选二)

王士禛

今年东风太狡狯②,　弄晴作雨遣春来。
江梅一夜落红雪,　便有夭桃无数开。

红桥飞跨水当中,　一字阑干九曲红③。
日午画船桥下过,　衣香人影太匆匆。

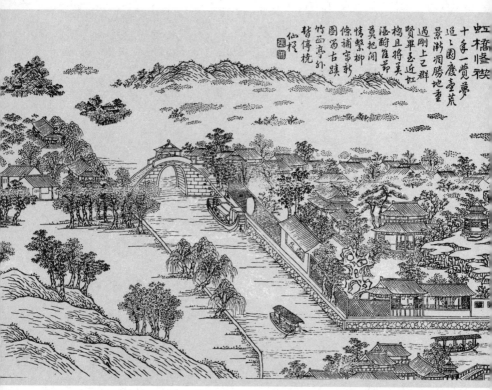

红桥修禊(选自《续泛槎图》)

[注释]

①此诗为王士禛与孙茂之等修禊红桥时,于文酒会上所赋之诗。冶春:游春之意。

②狡狯:此处作顽皮或爱开玩笑意。

③阑干:同"栏杆"。

真州绝句五首①(选三)

王士禛

扬州西去是真州,　　河水清清江水流。
斜日估帆相次泊②,　　笛声遥起暮江楼。

白沙江头春日时③,　　江花江草望参差。
行人记得曾游地,　　长板桥南旧酒旗。

江干多是钓人居,　　柳陌菱塘一带疏。
好是日斜风定后,　　半江红树卖鲈鱼。

[注释]

①真州:即今仪征市。宋大中祥符六年(1013),升建安军置真州,为东南水运冲要。

②估帆:商船。

③白沙:古代仪征滨江地名。汉时有白沙村、白沙洲。后亦作仪真的代称。

夜发维扬①

蒲松龄

布帆一夜挂东风,　　隔岸深深渔火红。
浪急人行星汉上,　　梦回舟在月明中。
隔年恨别看春树②,　　往事伤心挂晚钟③。
世事于今如塞马④,　　黄粱何必问遭逢⑤。

[作者简介]

蒲松龄(1640-1715),字留仙,一字剑臣,别号柳泉居士,世称聊斋先生,淄川(今山东淄博)人。早岁即有文名,然屡试不第,七十一岁才援例成贡生。除中年一度在宝应县令孙蕙幕中作幕客外,其余时间大都在家乡作塾师,终身郁郁不得志。曾以数十年时间作成文言小说《聊斋志异》,又有《聊斋文集》、《聊斋俚曲》等。

[注释]

①此是蒲松龄于康熙九年(1670)从扬州夜归宝应时的作品。作者来扬看望青年时代的淄川郢社诗友王鹿瞻,斯时王鹿瞻正在瓜洲作幕友,但因时间急促未遇,诗人就匆匆赶回宝应去了。

②隔年:作者于康熙八年秋(1669)至宝应作孙蕙幕友,写此诗时为次年(1670)春日,故云隔年。春树:杜甫《春日忆李白》诗:"渭北春天树,江东日暮云。"看春树引起对郢社诗友的怀念。

③"往事"句:挂晚钟,见孟浩然《晚泊浔阳登香炉峰》诗:"东林不可见,日暮空闻钟。"东晋高僧慧远在庐山东林寺创设白莲社,孟浩然过浔阳,闻钟声而向往之。作者是伤心往事而挂晚钟,有惜郢社诗友离散之意。

④"世事"句:喻世事多变,如塞翁失马,得失难料。

⑤"黄粱"句:意谓富贵皆如黄粱一梦,故无须探询遭遇如何。

南北中吕合套·石榴花·广陵端午

石　虎

　　[石榴花^北]听东西喧嚷乱如麻,男女喜喳喳。折这是扬州道上越繁华,恰便是端午新夏。俺行一路芳草平沙,见几处楼船箫鼓中流发,热腾腾喷的浪花。喜的是中间有个红妆插,软闪闪穿一件细宫纱。

　　[泣颜回^南]麦浪滚黄沙,站个村婆入画。他知时节,把鲜花满头堆压。闲庭小院,燕雏儿飞出微微大。叫灵均把故事新修①,扯精淡一翻闲话。

　　[前腔换头]闲暇,梅子衬酸牙,有酒频频堪把。青蚕豆子,蒸来淡将盐撒。鲫鱼一尾,煮熟和椒辣。有些些米粽尖尖,小如脚和糖来呷。

　　[普天乐^北]竹西楼②,虹桥坝,酣歌醉语,知是谁家。那一路新荷浸水香,这一路硃酒沿堤刷③。说几句镜铸冰心当年话,不觉的醉波波捉住了虾蟆。浴罢了暖温温兰香细芽,安排了皱微微灵符艾虎④,斗罢了香扑扑野草闲花。

　　[千秋岁^南]乱爬爬,只见渔婆子,新样的戴着萍花。流水桥边,流水桥边,有几个弄潮儿轻似鸭。池塘外蛙声聒,绿杨外青帘挂,还有个曲径人跑马。爱的是花街柳巷,浪酒闲茶。

　　[前腔]路途差,步向南冈上,那埋葬的尽是烟花。隋帝堤边,隋帝堤边,一个个美宫人都消化。寻思起堪哭煞,没情绪随缘罢。猛可的突突啼痕洒,借冰盘角黍⑤,特地供他。

　　[上小楼^北]又行到蔷薇花架,有几处红楼凉榻,有画屋朱扉,绣阁纱屏,都是些门户人家⑥。见几个俊俏女

郎,穿的水色红衫,凌波白袜,一丢丢猩红脚颠颠儿扒⑦。

〔幺篇〕惹得咱色胆怕,耀的人饿眼花。还有个怀抱婴孩,臂挂红丝,艾枝斜插。系一对纸剪葫芦,点一朵印色朱砂,染一对鲜红指甲,一样样难描难画。

〔越恁好南〕谁荣谁辱,谁荣谁辱,则便是乞丐家,也酣歌撒泼,争赌酒猜拳打;还有个小花婆伴他,小花婆伴他,喜咨咨大脚儿走的叉丫;还有个小花童接他,小花童接他,笑吟吟眼腔儿醉的昏花。牛皮袋,竹提篮,斜把菖蒲插。尽有鸡头果粽,残饭鹅鸭。

〔前腔〕客途寥落,客途寥落,俺独自在天涯。折喜是有王郎爱我⑧,排列着肉和鲊⑨。饮香醪杏花,饮香醪杏花,有紫啾啾鸭蛋儿圆似木瓜。吃香泉露牙,吃香泉露芽,有冷冰冰水粉儿凉似西瓜。蓦然的醉了时,昏在葫芦下。爱清风阵阵,窗缝斜刮。

〔十二月北〕扑鼕鼕龙舟竞渡,白洋洋远水飞霞;吃刺刺顽童笑煞,宽绰绰侍女簪花;颤巍巍莺儿风打,黑毵毵密树藏鸦。

〔红绣鞋南〕只见这街一个娇娃,娇娃;那街一个娇娃,娇娃;都戴着紫榴花。生活的要咱家,眼睛儿应接不暇,不暇。

〔前腔〕半年光景虚华,虚华。也教寻乐穿花,穿花。咱客底忒心差,亏了个老僧家。待咱归还自烹茶,烹茶。

〔尾文北〕五丝续命休休罢,续得情痴还闷煞,倒不如醉死扬州尽不差。

[作者简介]

石庞(生卒年不详),字晦村,号天外,太湖(今属安徽)人。约康熙中在世。善词曲,著有《因缘梦》传奇,另有《晦村初集》、《天外谈初集》等作品。存散曲套曲数篇。

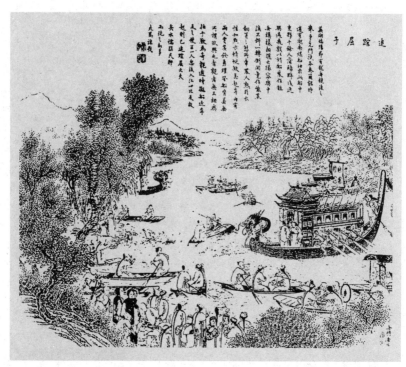

追踪屈子(选自《点石斋画报》)

[注释]

①灵均：大诗人屈原的字。端午节吃粽子划龙船都是为了纪念屈原,故写到屈原。

②竹西楼：即竹西亭。

③硃酒：即硃砂酒,色红。又称雄黄酒。

④艾虎：以艾制成,端午节用以辟邪的虎形饰物。

⑤冰盘：大的瓷盘。角黍：即粽子。

⑥门户人家：旧称妓院。

⑦一丢丢：一对对。颠颠儿扒：走路扭扭捏捏。

⑧王郎爱我：原注："是日饮王丹露家。"

⑨鲊：用醃、糟方法加工过的鱼类食品。

广陵怀古

洪 昇

孤坟何处问雷塘, 犹忆东巡乐未央①。
廿四桥头人影乱, 三千殿脚棹歌长②。
流萤不见飞隋苑, 杜宇依然叫蜀冈③。
全盛江都同一梦, 杨花如雪晚茫茫。

[作者简介]

洪昇(1645-1704),字昉思,号稗畦,钱塘(今浙江杭州)人。国子监生。康熙二十八年(1689),因所作《长生殿》演于佟皇后丧葬期间,触犯禁忌,遭弹劾,国子监生籍被革。后漫游江南,于吴兴醉后落水死。有诗《稗畦集》、《稗畦续集》,另有传奇多种,尤以《长生殿》最著名。

[注释]

①"东巡"句:指隋炀帝由洛阳东巡江都事。未央,未尽。
②三千殿脚:指为隋炀帝挽龙舟的女子,称殿脚女。宋孙光宪《河传》词:"如花殿脚三千女。"棹歌:船歌。
③杜宇:即杜鹃。

次韵刘郡伯清明郊游八首①（选一）

王式丹

绮寮春霭漾经纱②，遥喜晨光一缕霞。
绕郭垂杨时曳珮③，循溪飞旆不排衙④。
云边碧槛闻歌地，树里青帘卖酒家。
好是韶华当令节，两番踏遍广陵花⑤。

[作者简介]

　　王式丹（1645－1718），字方若，号楼村，宝应（今属江苏）人。康熙四十一年（1702）中举，四十二年殿试进士第一，授编修。参与纂修《佩文韵府》、《一统志》等。居官十年，以吟诵自娱，归里后，侨居扬州，士多从之游。有《楼村诗集》。

[注释]

　　①这是诗人陪同扬州知府清明郊游时步其原韵的唱和诗。刘郡伯，即刘仲滨，时任扬州知府，诗人朋友。郡伯：官爵名，金、元时置，正从四品。明清时亦称知府为郡伯。
　　②绮寮：雕刻或绘饰精美的窗户。李商隐《碧瓦》诗："碧瓦衔珠树，红轮结绮寮。"
　　③"绕郭"句：此句意谓环城的垂柳不时牵曳住妇女佩带的饰物。曳珮，牵挂住玉制的饰物。
　　④"循溪"句：意谓沿着溪流行进的旗子，不再按排衙时的仪式分立两旁。此句言官员随从们行动较为自由，不讲求仪式。排衙，旧时主官升座，衙署陈设仪仗，僚属依次参见，分立两旁，谓之排衙。
　　⑤两番：此诗为作者再次从宝应侨居扬州之作，再次踏青寻芳，故云两番。

扬州城外观灯船和友人韵二首

查慎行

琉璃一片映珊瑚,　　上有青天下有湖。
岸岸灯台开画锦,　　船船弦索曳歌姝①。
二分明月受光避②,　　千队骊龙逐仗趋③。
不为水嬉夸盛事,　　万人连夕乐尧衢④。

锦缆朱栏彩鹢群⑤,　　满川春暖气如薰⑥。
倒窥银海千枝焰⑦,　　迸散金波五色云。
雁齿初装虹有晕⑧,　　鱼鳞不动水无纹。
君王到处皆勤政,　　犹自宵衣坐夜分。⑨

[作者简介]

　　查慎行（1650－1727），初名嗣琏,字夏重,后改今名,字悔余,晚号初白,海宁（今属浙江）人。康熙三十二年（1693）举人,特赐进士出身,官编修。曾从黄宗羲、钱澄之学,工诗。有《敬业堂诗集》等。

[注释]

　　①歌姝:歌女。
　　②二分明月:徐凝《忆扬州》:"天下三分明月夜,二分无赖是扬州。"
　　③"千队"句:意谓嘴含明珠的

查慎行像

龙船像仪仗列队而过。骊龙,颔下有明珠的龙。

④尧衢:意谓太平盛世的街道。

⑤彩鹢:此指绘有彩色鹢鸟图形的灯船。鹢,水鸟。

⑥薰:薰草,有香气。

⑦"倒窥"句:意谓仿佛有上千枝烛焰倒映在银海之上。银海,指灯光、月光、水光互相辉映时的水面景色。

⑧"雁齿"句:意谓饰有灯彩的桥影闪着虹一样的光晕。雁齿,桥阶。此处代指桥。

⑨"君王"、"犹自"两句:此处称颂康熙皇帝。他当时正驻跸扬州,依然忙于政事,常到夜半。宵衣,天不亮就穿衣起身。

天宁寺①

爱新觉罗·玄烨

小艇沿流画桨轻,　　鹿园钟磬有余清②。
门前一带邗沟水,　　脉脉常含万古情。

[作者简介]

爱新觉罗·玄烨(1654-1722),即清圣祖,年号康熙,公元1661年至1722年在位。先后平三藩,定台湾,统一漠北、西藏地区,并确定了中俄之间的东部边界。在位期间停圈地,奖垦屯,治黄河,兴水利,同时举博学鸿词,开馆修书,纂辑《康熙字典》、《全唐诗》、《佩文韵府》等典籍,以网罗遗民文士,其文治武功为史家所称。有《圣祖仁宗皇帝御制文集》。康熙从二十三年到四十六年(1684-1707),曾六次南巡,五次驻跸扬州,其中有两次驻跸天宁寺内。

[注释]

①天宁寺:位于扬州市城北丰乐上街。
②鹿园:即鹿苑,鹿野苑的省称,佛教地名,释迦牟尼始说法之所。此处代指天宁寺。

康熙帝玄烨像

早春泛舟至平山堂分韵

曹 寅

邀头吟兴未嫌劳①,　　城脚淮流绿满壕②。
恰趁扬人看新水,　　红桥正月上新舠③。

[作者简介]

　　曹寅(1658-1712),字子清,号荔轩,又号楝亭,原籍丰润(今属河北)人。自其祖父起为满州贵族的包衣(奴仆),隶属正白旗。为《红楼梦》作者曹雪芹之祖父。官通政使,江宁织造,兼巡视两淮盐务监察御史。能诗及词曲。曹寅还精于校刊古书,曾在扬州天宁寺奉旨刊刻《全唐诗》,为清代公认之精刻本。有《楝亭诗钞》、《楝亭词钞》等。

[注释]

　　①邀头:太守出游,士女纵观,称太守为"邀头"。陆游《老学庵笔记》:"四月十九日成都谓之浣花,邀头宴于杜子美草堂沧浪亭,倾城皆出,锦绣夹道,自开岁宴游至是而止。"此处乃曹寅夫子自道。
　　②"城脚"句:谓城墙下的护城河里涨满了来自运河里的碧水。淮流,淮河流入运河的水。
　　③新舠:新下水的小船。

浣溪沙·红桥怀古和王阮亭韵①

纳兰性德

无恙年年汴水流,一声水调短亭秋②。旧时明月照扬州。　　曾是长亭牵锦缆③,绿杨清瘦至今愁。玉钩斜路近迷楼④。

[作者简介]

纳兰性德(1655-1685),原名成德,字容若,号楞伽山人,满州正黄旗人。大学士明珠之子,康熙十五年(1676)进士,官一等侍卫。自幼聪颖,读书过目不忘,淡荣利,书史外无他好,结交皆一时名士。善诗古文,尤工于词,其词清新秀隽,自然超逸,小令为一时之冠。有《通志堂集》,后附《通志堂词》。

[注释]

①王阮亭:王士禛号阮亭。

②水调:曲调名。

③牵锦缆:用隋炀帝乘龙舟挂锦帆出游典。

④玉钩斜:扬州地名,为隋炀帝葬宫人处。迷楼:隋炀帝所建。

纳兰性德像

红 桥

孔尚任

红桥垂柳袅烟村，　　隋代风流今尚存。
酒旆时遮看竹路①，　　画船多系种花门。
曾逢粉黛当筵舞，　　未许笙歌避吏尊②。
可惜同游无小杜③，　　扑襟丝雨总消魂。

[**作者简介**]

　　孔尚任（1648－1718），字季重，一字聘之，号东塘，又号岸塘，自称云亭山人。曲阜（今属山东）人。康熙间授国子监博士，累官至户部员外郎。康熙三十八年（1699）辞官归里。博学有文名，通音律，著有《岸塘文集》、《湖海诗集》、《会心录》等。尤以《桃花扇》传奇最负盛名，与洪昇《长生殿》并称，一时有"南洪北孔"之目。

[**注释**]

　　①酒旆：即酒旗、酒幌子。

　　②"未许"句：意谓弦管歌唱不因为有官员在座就中止或移避他处。

　　③小杜：指唐代诗人杜牧。杜牧一度在扬州纵情声色。

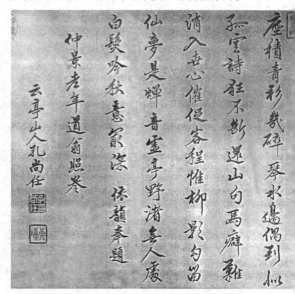

孔尚任《题仲景小照卷》手迹

暮春同西唐、五斗泛保障河望隋宫故址，维舟至铁佛寺，晚饮红桥四首[1]（选一）

汪士慎

郊原风日近清和， 紫荇牵丝燕掠波[2]。
雨积平田鸣细濑[3]， 人倚矮屋晒青蓑[4]。
绿杨城外芳尘歇， 红板桥头香草多。
似叶小船二三客， 一篙撑入古隋河[5]。

[作者简介]

汪士慎（1686－约1762），字近人，号巢林、溪东外史等，原籍休宁（今属安徽），居扬州。善诗，精篆刻和隶书；工画花卉，尤擅画梅，偶作人物，亦生动有致。为扬州八怪之一。有《巢林诗集》。

[注释]

①这是诗人与同为八怪之一的画家高翔（即西堂）等游扬州西北郊的诗。保障河：即今瘦西湖，隋宫故地在蜀冈上。铁佛寺：在蜀冈唐衙城遗址东南，今城北乡卜扬村。本五代杨行密故宅，后舍宅为寺。宋建隆年间，于寺内铸铁佛，因以为名。现仍存。

②紫荇：多年生水生草本植物，叶紫赤色，呈对生圆形，浮在水上，根在水底，茎上青下白，幼时可食。《诗·周南·关雎》："参差荇菜，左右流之。"

③细濑：此处指水田里淌过的细流。濑，沙石上流过的浅水。

④青蓑：新制成的蓑衣。蓑，指用蓑草制成用以防雨的蓑衣。

⑤古隋河：即邗沟。

忆康山旧游，寄怀余元甲，高翔，马曰琯、曰璐，汪士慎[①]

金 农

曩哲风流地[②]， 朋游数往还。
饮盟无筭爵[③]， 花社一家山。
谈艺挥犀柄[④]， 填词按翠鬟[⑤]。
相思渺天末， 肠断茱萸湾。

[作者简介]

金农（1687–1763），字寿门，又字司农，号冬心先生、稽留山民、昔耶居士、心出家庵粥饭僧等。钱塘（今浙江杭州）人。乾隆元年（1736），举博学鸿词不就，晚岁寄居扬州近二十年。精隶、楷，五十岁后以画擅名。所画竹梅、人物、山水，笔墨古朴而造意新奇。为扬州八怪之一。有《冬心先生集》。

[注释]

①康山：在扬州城区徐凝门东，古运河侧，为昔时浚运河之土垒成。明戏剧

金农《赏猿图》

金农书斋静香书屋

家康海曾筑堂于此,董其昌题名"康山草堂"。清乾隆间,大盐商江春将此堂构为家园,乾隆南巡曾临园题字。清诗人、戏剧家蒋士铨于园中秋声馆作《空谷香》、《四弦秋》戏曲二种。朝拈斑管,夕登氍毹,觞宴极一时之盛,为乾隆年间名流雅集之所。此诗即诗人回忆与朋辈旧游康山之作。

②曩哲:先哲;古之哲人。此处指康海等先贤。

③"筹爵"句:意谓酒友们喝酒不用计数,尽醉方休。筹,古代计数的筹码。爵,饮酒器。

④犀柄:指以犀牛角为柄的麈尾。魏晋名士清谈时常持麈尾。

⑤"按翠鬟"句:意谓所谱词曲系根据歌女们的自身擅长进行创作。翠鬟,此处指美丽的歌女。

邗上怀古

黄 慎

谁划长江地?　　当年帝子家①。
箫声沉月夜,　　帆影落天涯。
花巷传金带②,　　旗亭老木瓜③。
年年看蔓草,　　绿遍玉钩斜。

[作者简介]

　　黄慎(1687-1768后),字恭寿,又字恭懋,号瘿瓢子,宁化(今属福建)人,久寓扬州。家贫,卖画为生。善绘人物,兼工花鸟山水。为扬州八怪之一。能诗。有《蛟湖诗草》。

[注释]

　　①帝子:此处指隋炀帝。
　　②金带:指芍药名种金带围。
　　③旗亭:市楼。古代观察、指挥集市的处所,上立有旗,故称。亦指酒楼,悬旗为酒招。

平楼远眺①

高 翔

平楼高极目，　　小憩驻游踪。
度水林边磬，　　推窗江上峰。
翠裙芳草成②，　　红粉杏花浓。
怕点故宅处，　　萋迷路几重③。

[作者简介]

高翔（1688—1753），字凤岗，号西唐、樨堂，甘泉（今扬州）人。擅长山水，画梅风格疏秀，兼能画像。精刻印，亦能诗，为扬州八怪之一。有《西唐诗钞》。

[注释]

①平楼：即平远楼，位于扬州蜀冈大明寺内山门东侧。清雍正十年（1732）光禄寺少卿汪应庚建。先为平楼，其孙汪立德增高为三层，取宋代画家郭熙《山川训》"自近山而望远山，谓之平远"之意，改为"平远楼"。飞槛凌虚，可俯视鸟背，望江南诸山，尤历历如画。咸丰年间，毁于兵火，同治年间，两淮盐运使方濬颐再建。平远楼前庭院古木参天，花木繁多。内湖石花台正中有古琼花，为清康熙年间住持道宏禅师所栽。今楼前三方石盆，栽有日本国唐招提寺森本孝顺长老所赠日本出土的千年古莲与中国辽东半岛千年古莲杂交繁殖的"中日友谊莲"。

②翠裙：此处指小路，意谓小路上已长满了芳草。唐白居易《杭州春望》诗："谁开湖寺西南路？草绿裙腰一道斜。"

③萋迷：草木茂盛貌。

扬州(四首选二)

郑 燮

画舫乘春破晓烟,　　满城丝管拂榆钱。
千家养女先教曲,　　十里栽花算种田。
雨过隋堤原不湿,　　风吹红袖欲登仙。
词人久已伤头白,　　酒暖香温倍悄然①。

廿四桥边草径荒,　　新开小港透雷塘。
画楼隐隐烟霞远,　　铁板铮铮树木凉②。
文字岂能传太守,　　风流原不碍隋皇。
量今酌古情何限,　　愿借东风作小狂③。

[作者简介]

　　郑燮(1693-1765),字克柔,自号板桥道人,兴化(今属江苏)人。乾隆元年(1736)进士,官山东范县(今属河南)知县,调潍县(今属山东),以请赈忤大吏而罢归。工书画,善兰竹,书法用隶体参入行楷,自称"六分半书"。所为诗不拘体格,兴至则成,描写人民疾苦颇深切。为扬州八怪之一,有《板桥全集》。

[注释]

　　①悄然:忧伤貌。
　　②铁板:乐器名,即铁绰板。系由一双半圆形铁板联缀而成,演唱时作伴奏用。
　　③小狂:不致失态的狂放。

满江红·思家

郑 燮

我梦扬州,便想到、扬州梦我。第一是隋堤绿柳,不堪烟锁。潮打三更瓜步月①,雨荒十里红桥火。更红鲜、冷淡不成圆,樱桃颗。　　何日向、江村躲;何日上、江楼卧。有诗人某某,酒人个个。花径不无新点缀,沙鸥颇有闲功课②。将白头、供作折腰人,将毋左。③

[注释]

①瓜步:地名,在六合县东南,有瓜步山,山下有瓜步镇,古时瓜步山南临大江,为军事争夺要地。今称瓜埠。

②闲功课:指无关紧要的闲适课业。此处谓诗人归去后,将像沙鸥一样有了闲暇。

③"将白头"、"将毋"两句:意谓多少年当折腰人,为此白了头,此后将不再违背自己的意愿了。

板桥治印

红桥修禊①(四首)

卢见曾

绿油春水木兰舟,　　步步亭台邀逗留。
十里画图新闻苑②,　　二分明月旧扬州③。
空怜强酒还斟酌,　　莫倚能诗漫唱酬。
昨日宸游新侍从④,　　天章捧出殿东头⑤。

重来修禊四经年,　　熟识红桥顿改前。
潞汊畅交灵雨后⑥,　　浮图高插绮云巅⑦。
雕栏曲曲生香雾,　　嫩柳纷纷拂画船。
二十景中谁最胜,　　熙春台上月初圆⑧。

溪划双峰线栈通⑨,　　山亭一眺尽河东⑩。
好来斗茗评泉水,　　会待围荷受野风。
月度重栏香细细,　　烟环远郭影蒙蒙。
莲歌渔唱舟横处,　　俨在明湖碧涨中⑪。

迤逦平冈艳雪明,　　竹楼小市卖花声⑫。
红桃水暖春偏好,　　绿稻香含秋最清⑬。
合有管弦频入夜,　　那教士女不空城。
冶春旧调歌残后,　　独立诗坛试一更⑭。

[作者简介]

卢见曾(1690—1768),字抱孙,号雅雨山人、澹园,德州(今属山东)人。康熙六十年(1721)进士。初授四川洪雅知县,雍正八年(1730)调江南,先后任蒙城、六安知县,庐州、江宁、颍州府知府。乾隆二年(1737),任两淮盐运使,驻扬州。三年(1738),因罪罢职,

和雅雨山人红桥修禊 卢辟见曾

一缕莎隄一叶舟，柳浓莺脆恣淹留。雨晴芍药弥江县，水长
秦淮似蒋州。薄倖春光容易老，迁延诗债几时酬。使君高唱
凌颜谢，独立吴山顶上头。

年来修禊让今年。太液昆池在眼前。迥起楼台迴水曲，直铺
金翠到山巅。花因露重留蝴蝶，笛怕春归恋画船。多谢西南
新月挂，一钩清影暗中圆。

十里亭池一水通。俨开银鑰日华东。逶迤碧草长杨道，静悄
朱帘上苑风。天净有云皆锦绣，树深无雨亦溟濛。甘泉羽猎
应须赋，雅什先排禊帖中。

草头初日露华明。已有游船歌板声。词客关河千里至，使君
风度百年清。青山骏马旌旗队，翠袖香车绣画城。十二红楼
都倚醉，夜归疑听景阳更。

郑燮《和雅雨山人红桥修禊》抄摘

后召回,十八年(1753)复任两淮盐运使,至二十八年(1763)致仕还乡。因在扬期间巨额盐引亏空案,被捕下狱,后死于狱中。卢见曾爱才好士,在扬期间名流咸集,极一时文酒之盛。有《雅雨堂诗》,传奇《旗亭记》、《玉尺楼》等。

[注释]

①卢见曾为提倡风雅,于乾隆二十二年(1757)仿王渔洋之所为,修禊红桥,自作七言律诗四首。其时和者七千余人,编次得三百余卷,并绘《虹桥览胜图》以纪其胜。此诗即卢之原作。

②阆苑:传说中仙人之居处。此处借指苑囿。

③"二分"句:用徐凝《忆扬州》"天下三分明月夜,二分无赖是扬州"典。

④宸游:帝王之巡游,此指乾隆南巡事。

⑤天章:指帝王的诗文。东头:指皇帝的从官东头供奉官。

⑥潴汉:指水塘和河汉。灵雨:好雨。

⑦浮图:即浮屠,宝塔。

⑧熙春台:位于瘦西湖西岸,与五亭桥遥遥相对,为奉承苑卿汪廷璋于乾隆二十二年(1757)初建成,正是卢见曾修禊红桥之时。熙春台系为皇帝祝寿所建,嘉庆后毁。1987年扬州市人民政府重建,集楼台亭阁于一体,古朴典雅,饶有皇家园林气派,为瘦西湖内重要景点。"春台明月"为瘦西湖二十四景之一。

⑨双峰线栈:即"双峰云栈"。为瘦西湖二十四景之一。

⑩山亭一眺:即"山亭野眺"。为瘦西湖二十四景之一。

⑪明湖:指济南大明湖。卢见曾为山东人,故以大明湖作比。

⑫"迤逦"、"竹楼"两句:迤逦,曲折连绵貌。平岗艳雪、竹楼小市均为瘦西湖二十四景之景点。

⑬"红桃"、"绿稻"两句:红桃水暖,即"临水红霞";绿稻香舍,即"绿稻香来"。皆为二十四景中之景点。

⑭"冶春"、"独立"两句:意为冶春诗已经不新鲜,该让我辈在诗坛上一显风流了。冶春旧调,指王渔洋的冶春诗。

忆王孙·怀红桥旧游

厉 鹗

小秦淮映小红桥①,兰舫重来酒未消,秋雨多从蝉鬓飘②。梦迢迢,曾倚阑干弄柳条③。

[作者简介]

厉鹗(1692-1752),字太鸿,号樊榭,杭州(今属浙江)人。康熙五十九年(1720)举于乡。乾隆初举博学鸿词报罢而归。厉鹗搜奇嗜博,曾馆于扬州马氏小玲珑山馆数年,尽探其秘籍。主持大江南北诗坛数十年,尤工诗余,为浙派重要作家。有《樊榭山房集》、《宋诗纪事》等。

[注释]

①小秦淮:指小东门至大东门东水关一带河道。清代为繁华胜地,歌楼舞榭,栉比鳞次,画舫游船如织。

②蝉鬓:古代妇女的一种发式,两鬓薄如蝉翼,故称。

③阑干:即"栏杆"。

厉鹗像

扬州慢·广陵芍药

厉 鹗

疏雨催妍,稚寒凝态,天涯相见魂销。问春归几日,未尽减春韶①。算亭北、新妆老去,不多风露,暗展轻绡。送杯中、婪尾香心②,欲话无聊。　　鸦黄初试③,记当年、曾识烟苗④。奈月幌低笼,云阶斜倚,梦到迢迢。除却谢郎俊句⑤,无人与、浅晕深描。想难禁携赠,离情都在红桥。

[注释]

①春韶:春光。
②婪尾:指芍药花,兼指婪尾酒。
③鸦黄:妇女涂额的化妆黄粉。
④烟苗:指烟雾笼罩下的芍药嫩苗。
⑤谢郎俊句:指南朝齐诗人谢朓所作《直中书省》诗,内有咏芍药佳句:"红药当阶翻,苍苔依砌上。"

将往平山堂风雪不果(二首)

吴敬梓

平山堂畔白云平,　　文藻偏能系客情。
不似迷楼罗绮尽,　　只今唯有暮鸦声。

空怀迁客擅才华,　　不见雕阑共绛纱①。
却忆故山风雪里,　　摧残手植老梅花。

[作者简介]

　　吴敬梓(1701–1754),字敏轩,号文木,全椒(今属安徽)人。幼即颖异,稍长,补官学弟子员。性豪迈,不善治生,旧产挥霍俱尽,时或绝粮。移家金陵,为文坛盟主。晚益贫,客死扬州。有小说杰作《儒林外史》及诗文集《文木山房集》等。

[注释]

　　①雕阑:即"雕栏"。

瘦西湖①

汪　沆

垂杨不断接残芜，　　雁齿红桥俨画图②。
也是销金一锅子③，　　故应唤作瘦西湖。

[作者简介]

　　汪沆（1704—1783），字西颢，一字师李，号槐堂，钱塘（今浙江杭州）人。诸生，曾于乾隆年间举博学鸿词，以母老辞归。博览群书，好为实用之学。著有《槐堂诗文集》、《湛华轩杂录》、《汪氏文献录》等。

[注释]

　　①瘦西湖：位于今扬州城西北，原名炮山河，亦名保障河、保障湖，又名长春湖。为唐罗城、宋大城的护城河，亦是蜀冈山水流向运河的泄洪渠道。沿河两岸，经历代造园家擘划经营，逐步形成湖上园林。特别是清康熙、乾隆先后下江南巡游，扬州官员与盐商为助皇帝游兴，不惜重金，聘招名家沿湖筑园，并多次疏浚湖道，乾隆极盛时沿湖有二十四景。十里波光，幽秀明媚，颇可与杭州西湖颉颃，而清瘦过之，遂易其名曰"瘦西湖"。新中国建立后，经逐年整修、建设，尽复旧观，现被国务院公布为国家重点名胜区之一，为旅游胜地。

　　②雁齿：比喻红桥台阶的排列。白居易《答王尚书问履道池旧桥》诗："虹梁雁齿随年换，素板朱栏逐日修。"

　　③销金一锅子：周密《武林旧事》称杭州西湖"日糜金钱，靡有纪极"，故有"销金锅儿"之号。此指大量花费金钱的处所。

双忠祠①

鲍 皋

梅花岭左祀双忠，　　赫濯姜公并李公②。
昔在长围射使者③，　　更闻开壁斩西戎④。
吴陵兵刃阳阳日⑤，　　宋国山河草草中⑥。
晚上平山堂上望，　　寒鸦飞尽大城空。

[作者简介]

鲍皋(1708－1765)，字涉江，号海门，丹徒(今属江苏)人。乾隆初举博学鸿词，辞不就，益放浪形骸。善绘事，工禽鱼花竹。尤以诗赋名，其诗音节苍劲，风神俊逸。曾游邗上，郡守及商贾争延之。有《海门集》。

[注释]

①双忠祠：位于市区琼花路双忠祠巷内，系为祭祀南宋抗元牺牲的民族英雄扬州守将李庭芝、姜才而建。祠原在梅花岭畔，清咸丰年间毁，同治十三年(1874)李庭芝裔孙于市内重建，祠坐北面南，院内今存"双忠祠"石额一方。为市级文物保护单位。

②赫濯：威严显赫貌。清许缵曾《睢阳行》："玺书赫濯神祇惊，日丽中天民受祉。"

③"昔在"句：南宋德祐元年(1275)冬十月，元军统帅阿术攻扬州久而无功，乃筑长围困之。次年二月，临安沦陷，阿术以太皇太后手诏谕庭芝使降，庭芝登城谓使者曰："奉诏守城，未闻以诏谕降也。"后太皇太后再次赐庭芝诏，庭芝不答，命发弩射使者，毙一人，余皆奔去。诗句即指此事。见《宋元通鉴》卷一二六。

④"更闻"句：李庭芝、姜才坚守扬州。"阿术复遣使者持元主诏招庭芝，庭芝开壁纳使者斩之，焚其诏于陴上。"诗句即指此事。见

《宋元通鉴》。

⑤"吴陵"句：据《宋元通鉴》：宋景炎元年（1276）秋七月，李庭芝、姜才赴召至泰州，庭芝命制置副使朱焕守扬。"庭芝既行，焕即以城降。庭芝走入泰州，阿术围之，且驱其妻子至陴下，诏降。会姜才疽发背不能战，泰州裨将孙贵、胡惟孝等开北门纳元军，庭芝赴莲池中，水浅不死，遂与姜才俱被执至扬州。阿术责其不降，才曰：'不降者，我也。'愤骂不已……阿术乃皆杀之。扬民闻者莫不泣下。"诗句即指李、姜二

李庭芝像

人从容就义事。吴陵，指泰州。唐高祖武德三年（620），海陵县改称吴陵县，以县设置吴州。阳阳，自若貌。唐韩愈《张中丞传后序》："巡（指张巡）就戮时，颜色不乱，阳阳如平常。"

⑥"草草"句：意谓随着李、姜二人的牺牲，宋朝的江山也就轻易草率地完结了。草草，草率，仓促。

梦香词·调寄望江南(选四)

费 轩

扬州好,第一是红桥。杨柳绿齐三尺雨,樱桃红破一声箫。处处系兰桡。

扬州好,秋九在江干。接得黄花高出屋,拾来紫蟹大于盘。香腻共君餐。

扬州好,年少记春游。醉客幽居名者者①,误入小巷入兜兜②。曾是十年留。

扬州好,评话晚开场③。略说从前增感慨,未知去后费思量。野史记兴亡。

[作者简介]

费轩(生卒年不详),字执御,原籍新繁(今四川新都),明末清初文学家费密(字此度)孙,费锡璜子。其曾祖父因避兵乱迁居今扬州江都麾村镇野田庄,后遂定居于此。费轩约生活于康乾年间,曾归蜀应试,中式新繁,成举人。其《梦香词·望江南》一百余首咏唱扬州,传诵一时。

[注释]

①者者:清代康乾时扬州有酒家名"者者居"。
②兜兜:扬州小巷幽深曲折,有小巷名"兜兜巷",今存。
③"评话"句:扬州评话渊源流长,至康乾时已流派纷呈。

虹 桥

爱新觉罗·弘历

绿波春水迎长虹，　　锦缆徐牵碧镜中。
真在横披图里过①，　　平山迎面送香风。

[作者简介]

　　爱新觉罗·弘历(1711—1799)，清世宗(雍正)第四子。1735年至1796年在位，年号乾隆。即位后，先后平定准葛尔和大、小和卓木等地方割据势力。开馆纂修"四库全书"，并命撰《会典》、《一

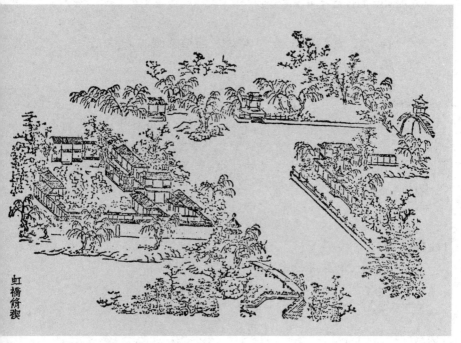

虹桥修禊(刘茂吉绘《扬州画舫录》插图)

统志》、各省通志等。又大兴文字狱。六次巡游江南,皆曾驻跸扬州。晚年宠和珅,政治腐败,清王朝由盛极而中衰。乾隆至扬州多有题咏。

[**注释**]

①横披图:长条形横幅图画。

邗江留别四首(选二)

袁 枚

两度邗江访若耶①, 香骢嘶遍路三叉②。
儿家住处侬能记③, 门外碧桃一树花。

解唱清歌《昔昔盐》④, 珠衫斜挂当湘帘。
人间夜是青楼短, 玉漏应教海水添⑤。

[作者简介]

袁枚(1716-1798),字子才,号简斋,又号随园老人,钱塘(今浙江杭州)人。乾隆四年(1739)进士,授翰林院庶吉士,出知溧水、江浦、江宁等县知县。年三十余即告归,侨居江宁,筑园林于小仓山。论诗主张抒写性情,创"性灵说"。有《小仓山房诗文集》、《随园诗话》及志怪小说《子不语》等。

[注释]

①若耶:若耶溪,源出今浙江绍兴若耶山,北流入运河。为西施浣纱之处。后代指风景优美的地方或出美女处。
②香骢:美人的坐骑。
③儿家:古代青年女子称自己或其家的称呼。此指其家。
④《昔昔盐》:乐府歌曲辞名。始见于隋薛道衡《昔昔盐》诗。昔昔,即夕夕。盐,即引。
⑤玉漏:对古代计时器漏壶的美称。唐苏味道《正月十五夜》诗:"金吾不禁夜,玉漏莫相催。"

扬州游马氏玲珑山馆,感吊秋玉主人①

袁 枚

山馆玲珑水石清, 邗江此处最知名。
横陈图史常千架, 供养文人过一生②。
客散兰亭碑尚在③, 草荒金谷鸟空鸣④。
我来难忍风前泪, 曾识当年顾阿英⑤。

[注释]

①马氏玲珑山馆:即小玲珑山馆,位于扬州东关街薛家巷西,为祁门诸生马曰琯(字秋玉)、马曰璐(字佩兮)兄弟别墅。马氏兄弟为扬州盐商,亦为海内著名藏书家。"酷嗜古书,海内奇文秘笈,不惜重价购求,所藏书画碑版,甲于江南北。延馆四方名流,日为文酒之会。凡搢绅往来之有文望者,咸交纳恐后。寒士挟一艺至,亦必不失其意去……身后丛书楼遗书,进呈备采者,多至七百余种"(《甘泉县续志》)。本诗为吊曰琯之作。

②"供养"句:原注:"吾乡厉太鸿、陈授衣诸君,皆主于其家。"

③"兰亭碑"句:原指王羲之所书《兰亭集序》摹本石刻。此处借喻马氏兄弟虽故,所藏珍贵图书碑刻仍在。

④金谷:原指晋石崇所筑之金谷园。此处代指小玲珑山馆。按小玲珑山馆原有春山楼、红药阶、透风透月两明轩、七峰草堂、清响阁、藤花书屋、丛书楼、觅句廊、浇药井、梅寮诸胜,故袁枚以金谷园作比。

⑤顾阿英:元代诗画家。昆山(今属江苏)人。少时轻财结客,与天下胜流相唱和。年四十卜筑玉山。其草堂、池馆、声伎、图画、器玩甲于江左,风流文采名倾一时。袁枚以顾作比马氏兄弟。

扬州二绝句

纪 昀

跨鹤曾经梦里游①,如今真个到扬州。
可怜豆蔻春风过②,十里珠帘不上钩。

甲第分明画里开,扬州到处好楼台。
白云深抱朱檐宿,多是山中岭上来。

[作者简介]

纪昀(1724-1805),字晓岚,一字春帆,清献县(今属河北)人。乾隆进士,官至礼部尚书,协办大学士。谥文达。曾任四库全书总纂官,纂定《四库全书总目提要》。能诗及骈文,有《纪文达公遗集》及志怪小说集《阅微草堂笔记》等。

[注释]

①跨鹤:用梁《殷芸小说》"腰缠十万贯,骑鹤上扬州"典故。喻扬州为繁华冶游之地。

②豆蔻春风:用杜牧《赠别二首》"豆蔻梢头二月初"、"春风十里扬州路"句意。

纪昀像

梅花岭吊史阁部

蒋士铨

号令难安四镇强①，　　甘同马革自沉湘②。
生无君相兴南国③，　　死有衣冠葬北邙④。
碧血自封心更赤⑤，　　梅花人拜土俱香。
九原若逢左忠毅⑥，　　相向留都哭战场⑦。

[作者简介]

　　蒋士铨(1725–1785)，字心余，一字苕生，号清容、藏园，铅山（今属江西）人。乾隆十九年(1754)由举人官内阁中书，二十二年(1757)成进士，改翰林院庶吉士，散馆，授编修，二十七年(1762)，充顺天乡试同考官，旋以养母乞归。后主绍兴蕺山书院。工诗、词、剧曲，有《忠雅堂集》以及戏曲《红雪楼九种曲》等。

[注释]

　　①"号令"句：指黄得功、刘良佐、刘泽清、高杰江北四镇，拥兵自重，不听号令，互相攻战，史可法无法控制。故谓"号令难安"。
　　②马革：《后汉书·马援传》："援曰：'方今匈奴、乌桓尚扰北边，欲自请击之。男儿要当死于边野，以马革裹尸还葬耳，何能卧床上在儿女子手中邪！'"此处喻史可法誓死沙场之精神。自沉湘：原指屈原自尽于湖南汨罗江，此处指史可法投江自杀。因史可法一说死于投江。
　　③"生无"句：意谓南明小朝廷弘光皇帝和马士英之流皆昏庸无能之辈，不能振兴南明。
　　④"死有"句：指史可法死后衣冠葬于梅花岭。北邙，山名。即邙山。因在洛阳之北，故名。东汉、魏、晋之王侯公卿多葬于此。
　　⑤"碧血"句：《庄子·外物篇》："苌弘死于蜀，藏其血，三年而

史公可法遗像

化为碧。"此处指史可法早已作好杀身成仁、为国捐躯的准备。

⑥左忠毅：指史可法的老师左光斗。天启四年（1624）任左佥都御史。杨涟劾魏忠贤，他参与其事，又亲劾魏忠贤三十二罪。次年，与涟同被诬陷，死于狱中。后平反，谥忠毅。九原：即九泉，黄泉。金元好问《赠答刘御史云卿》诗之三："九原如可作，吾欲起韩欧。"

⑦留都：古代帝都新迁后，于旧都常设官留守，行其政事，称留都。明太祖建都南京，成祖迁都北京，以南京为"留都"。

湖上①(四首)

赵 翼

画舫多如打水围，　　绮罗队队炫晴辉。
天公也似争鲜丽，　　特遣云为五色衣。

花关深锁绿杨烟，　　一架春风彩索悬。
行过粉墙闻笑语，　　有人园内打秋千。

最无拘束是杨花，　　穿过林端又水涯。
我比杨花更飘荡，　　夕阳西下未归家。

碧月高高烂绛河②，　　游船归处绣灯多。
青楼弦索教新曲，　　夜半犹闻爱爱歌③。

[作者简介]

赵翼(1727—1814)，字云崧，亦作耘松，号瓯北，阳湖(今江苏常州)人。乾隆二十六年(1761)进士，授翰林院编修，官至贵西兵备道，以母老乞归。晚岁主讲扬州安定书院，以著述自娱。长于史学，诗与袁枚、蒋士铨齐名，称"乾隆三大家"。有《廿二史劄记》、《陔余丛考》、《瓯北诗钞》等。

[注释]

①湖上：指扬州瘦西湖。
②"碧月"句：意谓月光高照、灯火映红的湖水更为亮丽。绛河，被游船灯火映红的河。瘦西湖初名保障河，故称。
③爱爱：古代歌妓名，此处代指歌妓。

泊舟平山堂下

罗 聘

波弄去年绿, 梅开万古春。
连朝倦车马, 细雨净埃尘。
画船横花屿, 湘帘隔丽人。
平山堂下路, 一步一逡巡①。

[作者简介]

罗聘(1733－1799),字遯夫,号两峰、花之寺僧,甘泉(今江苏扬州)人。金农弟子。工诗,好佛学,游踪甚广。画人物、佛像、花果、梅竹,自成风格。所作《鬼趣图》,借以讽刺当世,为时所称。为扬州八怪之一。有《香叶草堂集》。

[注释]

①逡巡:徘徊不进;滞留意。

罗聘《江南烟雨图》

游法海寺[1]

柏盟鸥

淡烟疏柳外,　　信步到招提[2]。
竹院闲眠鹤,　　蕉阴静听棋。
破云飞紫燕,　　坐树语黄鹂。
钟鼓经坛响,　　千山夕照移。

[作者简介]

柏盟鸥(生卒年不详),约乾隆年间在世,字映潭,江都(今属江苏扬州)女诗人。工诗善画擅丝竹。有《映潭诗钞》。

[注释]

[1]法海寺:在瘦西湖五亭桥东南侧,始建于元至元年间,清康熙四十四年(1705),康熙帝南巡,赐名莲性寺。咸丰年间毁于兵火,光绪年间重建。有大殿、云山阁、白塔及供奉观音、罗汉之佛殿楼等。登云山阁,开窗可览全湖之胜。1996年,法海寺重新修建,已翻建好山门殿等处。

[2]招提:寺院的别称。

邗沟夫差庙①

汪 中

吴山旧庙蜀山陂②，　　沟水东流绕殿基。
春社神巫时击鼓③，　　好风贾舶互扬旗④。
侈心齐晋终亡国⑤，　　遗利江淮合荐祠⑥。
可忆姑苏台上乐⑦，　　青山歌舞对西施。

[作者简介]

　　汪中(1745-1794)，字容甫，扬州人。年二十，补诸生，乾隆四十二年(1777)为拔贡生，以母老，绝意仕进。曾入两湖总督毕沅幕，后校"四库全书"于浙江杭州文澜阁，卒于西湖僧舍。工骈文，能诗，尤精于史学，有"通儒"之目。有《广陵通典》、《述学内外篇》、《经义知新记》等著作多种。

[注释]

　　①邗沟夫差庙：亦称"邗沟大王庙"，俗称"邗沟财神庙"。在扬州城区便益门北的古运河旁。中为吴王夫差像，配以汉吴王刘濞。庙走向坐南面北，以示邗城故址在蜀冈上。《左传》记哀公九年(前486)秋，吴王夫差北上伐齐，与齐国争霸。乃于扬地筑邗城，开邗沟以通江淮，对开发扬州功不可没，故扬州人设庙以祀。每年正月初五，香火最旺，"爆竹声喧，箫鼓竟夜"，谓之财神胜会。此诗对夫差的功过作了公正客观的评述。此庙建国初期尚存。

　　②"吴山"句：意谓原应建在姑苏的神庙却建到了扬州蜀冈之下的运河堤岸边。陂，此处指堤岸。

　　③春社：古时于春耕前，在立春后第五个戊日祭祀土神，祈求丰收，称春社。神巫：巫师。

　　④"贾舶"句：意指商船各自乘顺风扯帆扬旗，于运河中加速航

春帆上闸图

行。

⑤"侈心"句：意指吴王夫差因恣肆之心，北上伐齐，想学齐、晋为霸主而导致亡国。

⑥合荐祠：指应该为夫差建祠庙，以表彰其功。

⑦姑苏台：亦作"姑胥台"。在苏州姑苏山上，相传为吴王夫差所筑。

高旻寺行宫敬赋①

洪亮吉

一水居然跨两州②，　　塔前千尺步廊周。
怪蛇古柏争横砌③，　　海燕溪云各上楼④。
语久绿莎厅外路，　　凉生黄屋殿西头⑤。
谁怜憔悴江干客⑥，　　曾侍长杨五柞游⑦。

[作者简介]

洪亮吉（1746-1809），字稚存，号北江，阳湖（今江苏常州）人。乾隆五十五年（1790）进士。授翰林院编修，后督学贵州。嘉庆初，因上书批评朝政，被谪戍伊犁，不久赦还。改号更生居士。博览群书，精研经史、音韵训诂及舆地之学，诗与黄仲则并称。有《卷施阁诗文甲乙集》、《春秋左传诂》、《西夏国志》等二十余种。

[注释]

①高旻寺行宫：位于扬州城南三汊河之西岸，寺为淮东第一名刹。
②"一水"句：高旻寺前之运河，水分三汊，地跨真州、扬州地域。
③"怪蛇"句：意谓古柏如怪蛇横斜旁逸。
④海燕：燕子的别称。古人认为燕子产于南方，须渡海而至。
⑤黄屋：帝王所居宫室。
⑥江干客：诗人自喻。江干：江边；江岸。
⑦"长杨"句：意谓诗人曾经侍从皇帝出游过不少地方。长杨，宫名，长杨宫的省称。故址在陕西省周至县东南。五柞，五柞宫的省称，故址亦在周至县东南。扬雄《长杨赋》："振师五柞，习马长杨。"

扬州四首(选一)

吴锡麒

落日邗沟系客篷,繁华世界画图中。
春留歌吹江城艳,天富鱼盐海国丰①。
廿四桥通来往近,二分月照古今同。
纷纷骑到仙人鹤,多要他年志寓公②。

[作者简介]

吴锡麒(1746—1818),字圣征,号谷人,钱塘(今浙江杭州)人。乾隆四十年(1775)进士,改翰林院庶吉士,授编修,官至国子监祭酒。以亲老乞养归里。后至扬州主讲安定、乐仪书院,所拔多绩学砺品之士。工古文、骈文、诗词及戏曲,尤以诗词和骈文最著。有《正味斋集》。

[注释]

①海国:近海之地。
②"多要"句:意谓好多外乡发财的人都想迁到扬州居住。寓公,寄居他乡的人。

吴锡麒像

九峰园[1]

爱新觉罗·颙琰

奇石多佳致[2]，　　森然立九峰[3]。
危屏如卧虎，　　仄径俨蟠龙。
草色青青接，　　苔痕点点浓。
米颠应下拜[4]，　　故友喜常逢。

[作者简介]

爱新觉罗·颙琰(1760-1820)，即清仁宗，高宗第十五子。年号嘉庆，1796年至1820年在位。执政期间曾诛杀和珅，有禁官民服食鸦片等措施，思有所振作，但因土地高度集中，阶级矛盾尖锐，农民起义频仍，清王朝由盛步入衰微。乾隆于四十九年(1784)南巡，颙琰曾随行，对扬州多有题咏。

[注释]

[1]九峰园：在扬州南门城外古渡桥旁，系清初安徽歙县汪玉枢的别墅，初名南园，为当时扬州八大名园之一。乾隆年间，园主购得太湖奇石九峰于江南，大者逾丈，小者及寻，玲珑剔透，窍穴千百，置于原园中澄空宇、海桐书屋、雨花庵、深柳读书堂、谷雨轩、风漪阁诸胜之侧。乾隆帝南巡过此，赐名九峰园。咸丰年间，废而不存。1981年扬州市政府于城南荷花池建荷花池公园，近年来陆续觅得太湖奇石九峰，其剔透秀逸不让原石，置于公园东侧，并仿九峰园格局布置，使九峰园得以再现。

[2]佳致：美好的景致。

[3]森然：耸立貌。

[4]米颠：北宋书画家米芾的别号。米芾字元章，以其行止违世脱俗，倜傥不羁，故人称米颠。米芾爱石成癖，见奇石即下拜。

九峰园遗石

扬州水次

张问陶

手剥淮南笋，　　鱼虾满钓船。
闲情宜酒食，　　风味即神仙。
春豆绿如染，　　樱桃红可怜。
竹床拼醉倒，　　归梦亦翩然①。

[作者简介]

张问陶（1764－1814），字仲冶，号船山，遂宁（今属四川）人。乾隆五十五年（1790）进士，授检讨，迁御史，官至山东莱州知府。因与上官牴牾，乞病归。遨游吴越，时来往大江南北，卒于苏州。工古文辞，诗为袁枚所推重。有《船山诗草》。

[注释]

① 翩然：轻快飘忽貌。

张问陶诗轴

泊瓜洲督运,自题《江乡筹运图》①

阮　元

高台日映海门红,　　扬子春江二月中。
猎猎千帆开北固②,　　幢幢一纛引东风③。
旧游已叹华年改④,　　故里还疑梦境同。
今日伊娄河上住,　　幸无诗称碧纱笼。

[作者简介]

　　阮元(1764－1849),字伯元,号芸台,晚号颐性老人。占籍仪真,扬州北乡公道镇(今属邗江)人。乾隆五十四年(1789)进士,历任户、兵、工部侍郎,浙、闽、赣诸省巡抚,两广、云贵总督,体仁阁大学士。卒谥文达。历官所至,多以奖掖后进、提倡学术为己任。学识渊博,于经史、历算、天文、地理、文学、金石无一不通,为扬州学派领袖。著作甚丰,有《揅经室集》正续篇、《积古斋钟鼎款识》等多种。

[注释]

　　①阮元常年宦游在外,嘉庆十七年(1812)九月出任漕运总督,得以回到家乡地带为官,此诗为漕运总督任上,题《江乡筹运图》画时所作。清时规定漕运总督有督催漕船按时入京的职责,故是年底,阮元从淮安漕运衙署南下瓜洲,督运漕船北上。十二月至次年二月,来自浙江以及江宁、苏、松等府的漕船达两千艘(上江漕船稍迟,不在此内),俱由京口入长江转至瓜洲伊娄河进入大运河,故诗中有"千帆开北固"、"伊娄河上住"之说。

　　②猎猎:形容船帆随风飘拂鼓动的样子。

　　③幢幢:旗帜回旋晃动貌。

　　④"旧游"句:嘉庆十八年(1813)正月二十四是阮元五十寿辰,

他于督催途中舟次宝应时度过了生日,故有"旧游华年改"之叹。

阮元手迹

第 五 泉①

陈文述

叶落银床积暮烟②，　　雪瓯轻泛乳花圆③。
此来小有留题处，　　第一江山第五泉。

[作者简介]

　　陈文述(1771–1843)，字退庵，号云伯，钱塘（今浙江杭州）人。嘉庆五年（1800）举人，官江都县知县，多惠政。诗工西昆体，晚年敛华就实，归于雅正。有《碧城仙馆诗草》、《颐道堂集》等。

[注释]

　　①第五泉：在今扬州城西北蜀冈大明寺西侧西园内。唐张又新《煎茶水记》品扬州大明寺井水为天下第五。明御史徐九皋立石书第五泉。雍正年间，汪光禄于平山堂凿池得井，味甘冽，人以为此乃古第五泉。今存。
　　②银床：井栏。一说为提井水的辘轳架。
　　③"雪瓯"句：意谓茶煮沸时瓯中泛起雪白的圆泡沫。瓯，盆盂一类的瓦器。乳花，烹茶时泛起的乳白色泡沫。

第五泉

临江仙·寒柳

[日本]日下部梦香

十年江村年欲晚,严霜瘦损衰杨。残烟甚处是雷塘。寒鸦栖未定,疏影透斜阳。　　漫记春风攀折际,丝丝染了鹅黄。者番何不断吟肠①。酒旗青一片,依旧当飘扬。

[作者简介]

日下部梦香,日本江户人,词人。清道光十九年(1839),曾自行刊印《梦香词》。

[注释]

①者番:这番;这次。

由金山放船至扬州，遂览平山、康山诸胜，得诗四首（选三）

张维屏

平山堂迥蜀冈头①，贤守当年集胜流②。
北宋人才金带盛③，西京文字玉杯留④。
只今煮茗依禅榻⑤，自古谈诗重选楼⑥。
更向梅花拜高冢⑦，清风大节共千秋。

草堂临眺称诗家⑧，古藓斑斑石径斜。
七子高风山对屋⑨，二分明月水围花。
空囊有兴骑孤鹤，枯木无声集万鸦。
留得康郎余韵在，酒边犹为拨琵琶。

豪华往事问雷塘，眼底芜城冷夕阳。
芍药空闻金比艳，琼花不见玉生香。
数株衰柳烟帆重，几点疏萤露草荒。
只有玉钩斜畔月，照人欢笑照悲凉。

[作者简介]

张维屏（1780－1859），字子树，号南山，晚号珠海老渔。番禺（今广东广州）人。嘉庆九年（1804）举人，以祖母老不赴会试，而肆力于诗，与培芳、谭敬昭并称"粤东三子"。十二年（1807）入都，翁方纲激赏其诗，誉为"诗坛大敌"。道光二年（1822）成进士，补湖北长阳县知县，署黄梅知县。后署江西袁州府同知、充江西乡试同考官、摄太和县知县、吉安府通判。复罢归，返故里筑松庐自遣，自号松心子。有《听松庐诗钞》、《松心诗录》等，并曾辑《国朝诗人征略》及《征略》二编。

[注释]

①迥:高。

②贤守:指当年任扬州太守的欧阳修、刘敞、苏轼等人。

③金带盛:金带,指芍药名种金带围。据沈括《梦溪补笔谈·异事》,庆历年间资政殿学士韩琦帅淮南,"一日,后园中有芍药一干分四枝,歧各一花,上下红,中间黄蕊间之……今谓之'金缠腰(按:即金带围)'者是也。公异之,开一会,欲招四客以赏之,以应四花之瑞。时王岐公(珪)为大理寺评事通判,王荆公(安石)为大理评事签判,皆召之……过客中无朝官,唯有陈秀公(升之)时为大理寺丞,遂命同会。至中筵,剪四花,四客各簪一枝,甚为盛集。后三十年间,四人皆为宰相"。这就是"四相簪花"的故事。此以花代时间,指庆历年间。

④西京文字:指汉武帝时董仲舒说《春秋》事得失,尝作《闻举》、《玉杯》、《蕃露》、《清明》、《竹林》之作数十篇。后泛称重要著

梅花岭

作为《玉杯》。西京,即长安,西汉京城,后东汉都洛阳,因称长安为西京。董仲舒曾为江都相,与扬州关系密切。明代建有董子祠。

⑤"只今"句:系指唐杜牧于禅院煮茶事。杜牧《题禅院》诗有句云:"今日鬓丝禅榻畔,茶烟轻飏落花风。"清诗人汤右曾《次韵王楼村送桃花诗一本》诗中有句云:"鬓丝禅榻春风少,谁省三生杜牧之。"亦用此典可证。

⑥选楼:指文选楼,在扬州市区小东门北旌忠寺内,据民间传说为梁代昭明太子萧统选《文选》之处。此说不太可靠,因萧统未到过扬州,但隋代扬州人曹宪和其弟子李善先后为《文选》作注,其注旁征博引,用书宏富,为后人所推崇。

⑦梅花:指梅花岭。高冢:指明督师史可法衣冠墓。

⑧草堂:指康山草堂。在扬州城区东南徐凝门街。为明代修撰康海(字对山)故居。明太监刘瑾专权,曾招致康海未成,后明前七子之一的李梦阳下狱,请康海营救,海乃谒瑾说之,明日即释。后瑾败,海以坐交刘瑾落职,客扬州,与客宴饮,弹琵琶于此。

⑨"七子"句:作者原注:"康对山古居。"

扬州城楼

陈　沆

涛声寒泊一城孤，　　万瓦霜中听雁呼。
曾是绿杨千树好，　　只今明月一分无。
穷商日夜荒歌舞①，　　乐岁东南困转输②。
道谊既轻功利重，　　临风还忆董江都。③

[作者简介]

　　陈沆(1785－1825)，字秋舫，号太初，蕲水(今湖北浠水)人。嘉庆二十四年(1819)进士，授翰林院修撰，历充会试同考官，转四川道监察御史。有《简学斋诗存》、《诗比兴笺》等。

[注释]

　　①"穷商"句：意谓盐商们虽然衰败了，但他们依然日夜歌舞，穷奢极欲。穷商，指已经破产或衰败的盐商。荒，逸乐过度。
　　②"乐岁"句：意谓本是丰年的江南却已经难于将粮食、物资转运京师了。嘉道后，河工失修，漕运艰阻，故有此说。乐岁，丰年。
　　③"道谊"、"临风"两句：董仲舒曾说："夫仁人者，正其谊，不谋其利，明其道，不计其功。"但诗人说现在人们正好相反，把功利看得很重，却把道谊淡忘了。董江都，即指仲舒。董仲舒曾任汉江都王刘非之相，对刘非的行为多所匡正。

过 扬 州

龚自珍

春灯如雪浸兰舟，　　不载江南半点愁。
谁信寻春此狂客，　　一茶一偈过扬州①。

[作者简介]

　　龚自珍(1792—1841)，字璱人，又名巩祚，号定庵，仁和(今浙江杭州)人。道光九年(1829)进士，授内阁中书，升宗人府主事，改

邗湾访僧(选自《续泛槎图》)

礼部主事。为嘉道间提倡"通经致用"的今文经派重要人物,所作诗文极力提倡"更法"、"改图",洋溢着爱国热情。诗瑰丽奇肆,有"龚派"之称。有《定庵文集》等。

[注释]

①偈:梵语"偈佗"的简称,即佛经中的唱颂词。一称偈子。

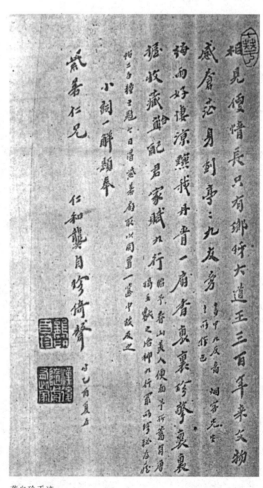

龚自珍手迹

己亥杂诗(选二)

龚自珍

蜀冈一老抱哀弦①,　阅尽词场意惘然。
绝似琵琶天宝后,　江南重遇李龟年。②
(重晤秦敦夫编修恩复。)

七里虹桥腐草腥,　歌钟词赋两飘零③。
不随天市为消长,　文字光芒聚德星。④
(时上元兰君、太仓邵君为扬州广文,魏默深舍人、陈静庵博士侨扬州,又晤秦玉笙、谢梦渔、刘楚桢、刘孟瞻四孝廉,扬季子都尉⑤。)

锦泉花屿(刘茂吉绘《扬州画舫录》插图)

[注释]

①蜀冈一老：指秦敦夫，名恩复，字近光，江苏扬州人，乾隆五十二年(1787)进士，授编修。精校勘，喜填词，"每拈一调，参考诸体，必求尽善，无一曼声懈字者"。

②"绝似"、"江南"两句：此处喻诗人和秦恩复的相遇如杜甫之逢李龟年。因为秦恩复少年和壮年正当"乾嘉盛世"，待到与诗人见面时，已到道光十九年(1839)，清王朝内忧外患，已非昔时，故有此喻。李龟年，唐代天宝年间著名歌手和羯鼓手，受到唐玄宗的特殊知遇。天宝乱后，流落江南，"每遇良辰胜景，常为人歌数阕，座客闻之，莫不掩泣"。

③"歌钟"句：意谓富贵人家的歌舞排场、文人雅士的词赋集会都消歇凋零了。

④"不随"、"文字"两句：《史记·天官书》："东北曲十二星曰旗。旗中四星曰天市。"古人认为天市星象发生变化，会对人间的商业产生或消或长的影响。诗人反其意，意谓朋友们的聚会并没有随同变化；诗人学者们仍如天上的德星聚会在一起。

⑤上元兰君：其人不详。太仓邵君：即邵子显，官扬州府学训导，著有《竹西吟草》。魏默深：即魏源，清代著名学者兼诗人，时任内阁中书。陈静庵：浙江乌程(今浙江湖州)人，天算学家，官钦天监博士。秦玉笙：道光元年(1821)举人，善医术，工画山水，晚年以填词著。谢梦渔：仪征(今属江苏)人，道光十四年(1834)举人，三十年(1850)探花及第，任翰林院编修转户科掌印给事中。刘楚桢：即刘宝楠，宝应(今属江苏)人，道光二十年(1840)进士，经学家。刘孟瞻：即刘文淇，仪征(今属江苏)人，学者，以精研《春秋左氏传》知名。杨季子：名亮，扬州人，世袭三等轻车都尉。熟悉西北地理，著有《内蒙古道里表》、《世泽堂诗文集》等。

扬州画舫曲十三首①(选六)

魏　源

二分烟水一分人，　　廿四桥头四季春。
蒲苇有声疑雨至，　　谁知湖雾是游尘。

杨柳覆烟烟覆艇，　　楼台依水水依山。
夜深画舫如相失，　　知在虹桥第几湾？

月浸平湖水不流，　　琉璃海畔水晶楼。
心疑百顷澄波渌，　　散作城中昨夜秋。

船船灯火船船笛，　　步步楼台步步花。
不识沧桑唯鹭鸶，　　冲烟还上玉钩斜。

柳浓香罨一溪烟②，　　画桨谁冲翡翠先。
怪煞青青堤畔草，　　遮完辇路更遮天③。

湖外青山山外湖，　　人言此地旧蓬壶④。
不知红桥白塔景，　　可似《清明上河图》⑤？

[作者简介]

　　魏源(1794－1857)，字默深，邵阳(今属湖南)人。道光二年(1822)举人，入赀为内阁中书。二十四年(1844)成进士，权知东台、兴化县事，官至高邮知州。魏源和龚自珍同属"通经致用"的今文学派。熟于政典掌故，尤精舆地史学。与扬州关系密切，道光十五年(1835)曾买园于扬州新城，名挈园。有《古微堂集》、《圣武记》、《海国图志》、《书古微》等。

邗水寻春(选自《泛槎图》)

[注释]

①此为吟咏扬州瘦西湖上画舫之诗。据《扬州画舫录》记载:"画舫有市有会。春为梅花、桃花二市,夏为牡丹、芍药、荷花三市,秋为桂花、芙蓉二市;又正月财神会市,三月清明市,五月龙船市,六月观音香市,七月盂兰市,九月重阳市。每市,游人多,船价数倍。"其船有龙舟,以及供女客的"堂客"船和绅商们乘坐的"官客"船,另有专供酒食的"沙飞"船和高棚的"歌船",歌船可清唱、说评话等,与座船随行。座船,即官船。良辰佳节尚多花船与灯船。

②罨:覆盖笼罩意。言香气弥漫。
③辇路:供皇帝车驾行走的路。
④蓬壶:即蓬莱,古代传说中的海上仙山。山形如壶器,故名。
⑤《清明上河图》:宋代张择端所绘名画。

浣溪沙·红桥步《衍波词》韵[①]

项鸿祚

水近雷塘缓缓流,绿杨风软不知秋。教人无赖是扬州[②]。　画舫载来歌舞梦,玉箫吹破古今愁。旧时明月照迷楼。

[作者简介]

项鸿祚(1798-1835),一名廷纪,字莲生,钱塘(今浙江杭州)人。道光十二年(1832)举人,年三十八而逝。有《忆云词甲乙丙丁稿》。

[注释]

①《衍波词》:王士禛词稿名。此为步其《浣溪沙》原韵之作。
②"教人"句:用徐凝《忆扬州》"天下三分明月夜,二分无赖是扬州"句意。

广陵吊史阁部

黄燮清

沿江烽火怒涛惊，　　半壁青天一柱撑。
群小已隳南渡局①，　　孤臣尚抗北来兵。
宫中玉树征歌舞②，　　阵上鞞刀决死生③。
留得岁寒真气在，　　梅花如雪照芜城。

[作者简介]

　　黄燮清（1805—1864），字韵甫，海盐（今属浙江）人。道光十五年（1835）举人，后屡试不第，晚年始得宜都县令，调任松滋，未几卒。少工词曲，中年以后始致力于诗文。其咏史吊古之作深沉豪放，颇具特色。有《倚晴楼诗集》及《倚晴楼七种曲》传世。

[注释]

　　①"群小"句：意谓一群小人已经败坏了南迁的局面。群小，众小人。指南明弘光小朝廷中的马士英、阮大铖之流。隳，毁坏。
　　②"宫中"句：指昏庸的南明小朝廷不知死活，依然醉生梦死，学着陈后主在征召美女排练阮大铖词曲，欢歌曼舞。
　　③"阵上"句：此指以史可法为代表的将士在前方为国血战。鞞刀，一种置于靴中的短刀。唐大将李光弼临战，常纳短刀于靴中，有决死之志。后因以"鞞刀誓死"谓战死沙场的决心。

史可法像

忆旧游

顾文彬

明月扬州,旧游历历,自经兵燹,纤道避之,感而赋此云。①

记红桥赍酒②,萤苑寻诗,惯泊雷塘。烽火迷瓜步,叹六朝金粉,劫惨红羊③。二分月子来照,瓦砾万家霜。把仙观琼花,歌楼玉树,一炬荒凉。　　帆樯,渺天末,似避弋惊鸿,寥廓回翔。远浦推篷望,恨乱鸦残堞,遮断垂杨。料得玉勾斜畔,鬼唱咽寒螀④。便骑鹤人来,箫声寂寂应断肠。

[作者简介]

顾文彬(1811-1889),字蔚如,更字子山、子珊、紫珊,号艮斋、良庵、过云楼主等。元和(今江苏苏州)人。道光二十一年(1841)进士,历官至浙江宁绍道台。工书,富庋藏,尤以碑版、善本书为名。擅倚声。著有《眉绿楼词》八种。

[注释]

①按此词写于清军与太平军在扬州拉锯战之后,扬州惨遭破坏,一片荒凉,致使船只纤道避之。

②赍酒:买酒。

③红羊:即红羊劫,指国难。古人以为丙午、丁未是国家易发生灾祸的年份。丙丁为火,色红;未属羊,故称。此处系作者对太平天国起义的贬词。

④寒螀:寒蝉。此处借指深秋的鸣虫。

鹧鸪天·邗江道中①

张 熙

小队湾头试玉鞭,东风回首十三年。清时破寺仍钟鼓,野岸春灯自管弦。 寒似水,梦如烟,绿杨依旧画桥边。宵来一枕孤篷雨,不是江南一惘然。

[作者简介]

张熙(？－1867),字子和,号紫禾,又作籽荷,山阴(今浙江绍兴)人。以纳赀官江苏,历署溧阳、宝山、兴化、丹徒等县知县。工诗,善隶书篆刻。著有《三影楼劫余草》、《扁舟草》等。

[注释]

① 此词系作者回忆十三年前在扬州清军戎幕中,参加镇压太平军之事而作。当时扬州西北郊湾头为清军驻地。

扬 州

孙衣言

二月烟花奈客行①，小红桥外雨初晴。
最怜明远伤时后②，犹有隋家《水调》声。
六代山河残雪尽，早春城郭绿杨生。
千秋呜咽邗沟水，入世樊川别有情③。

[作者简介]

孙衣言(1814－1894)，字劭闻，号琴西，瑞安(今属浙江)人。道光三十年(1850)进士，选庶吉士。咸丰初授编修，入直上书房，擢侍讲。后权颍六泗道，调江宁布政使，迁湖北布政使。为官清廉，有政声。召为太仆寺卿，以老乞归。曾考其乡先辈轶事为《瓯海逸闻》，补黄宗羲、全祖望《宋元学案》为《永嘉学案》。有《逊学斋诗钞》。

[注释]

①"二月"句：意谓二月的春景很让游客耐看。奈，通"耐"。

②明远：指南朝宋诗人鲍照。鲍照，字明远。伤时：指鲍照感战乱扬州城毁而写《芜城赋》。

③樊川：指杜牧。杜牧的诗集名《樊川集》，故以此代诗人之名。

广陵杂咏(七首选一)

方濬颐

五亭烟水送归桡,　　谁拥冰轮上碧霄。
今夜方知二分月,　　清光一半在虹桥。

[作者简介]

　　方濬颐(1815-1889),又名濬益,字子箴,号梦园,别号忍斋。定远(今属安徽)人。道光二十四年(1844)进士,授翰林院编修。历任四川按察使、广东督粮道、两淮盐运使、广东布政使。著有《二知轩诗抄》、《古香凹诗余》等。编有《题襟馆唱和诗》、《两淮盐法志》等。

"虹桥修禊"处之饮虹轩

扬州慢①

杨汝燮

香袖常垂,翠楼闲倚,卷帘十里新晴。听新腔《水调》,正夜月初生。几回过临江竹径,隔烟回首,曾认青青②。算芳春,好景淮南,第一扬城。　　而今寂寞,剩江桥、波影空横。自烂漫花飞,风流梦觉,莫再多情。三十六宫禾黍③,墙高处、古树云平。更雷塘凄雨,孤舟愁绝残更。

[作者简介]

杨汝燮(生卒年不详),字湘槎,无锡(今属江苏)人,乾隆元年(1736)鸿博杨度汪之孙。诸生,终老幕府。著有《湘槎词》。

[注释]

①此词作于淮盐改票后,扬州盐商失去了对盐的营销垄断权,"自陶澍改盐纲,而盐商一败涂地",扬州经济受严重打击,市面萧条,名园凋零衰败。

②青青:草木茂盛貌。亦指杨柳。

③三十六宫:指隋炀帝的宫殿,此为泛指,不是实数。禾黍:指宫室成了农田,长满禾黍。谓胜景废弛,风光不再。

小游船诗①(八首选四)

辛汉清

棟花风里暮春天，　　人与虹桥旧有缘。
小艇一篙撑出口，　　碧芦无际水无边。

相约游春引兴长，　　前途指点认钟庄②。
柳阴露出三椽屋，　　一角新涂蛎粉墙③。

雨丝风片过重阳④，　　把酒吟诗尽意狂。
清水一湖人几个，　　瓜皮艇子菊花装。

冶春遗社傍荒祠⑤，　　鬓影衣香系我思。
为约同人联后社⑥，　　渔家小婢解吟诗。

[作者简介]

辛汉清（1839－1902），字补云，扬州人，诸生。冶春后社成员。工诗善弈。有《小游船诗百首》等行世。

[注释]

①小游船：清季瘦西湖上有画舫，船式类似瓜皮艇，布置雅洁，且可置办酒菜。操舟者皆年少女郎，名曰船娘。船称小游船。
②钟庄：位于瘦西湖小金山东侧，庄上人多于湖上操舟为业。
③蛎粉墙：用牡蛎壳烧制成粉灰涂刷的墙，其功用似石灰。
④雨丝风片：明汤显祖《牡丹亭》："雨丝风片，烟波画船。"
⑤冶春遗社：指王士禛赋冶春诗之处。康熙时旧有茶社，后知府田毓瑞围入园中，题景名"冶春诗社"，为扬州北郊二十四景之一。其故址原在虹桥西侧之南。

瘦西湖上游船

⑥后社：指清末、民国年间扬州诗人组织的诗社，名冶春后社，成员多达一百余人，前后长达三十年，前期社长为臧谷，后期为孔剑秋。

二月望,李允卿个园消寒八集①(四首选二)

陈重庆

平分春一半,　　风雨过花朝②。
铁干梅横路,　　金丝柳拂桥。
名园留胜迹,　　贤主惯嘉招③。
犹记舣荷宴,　　香云压酒瓢。④

到处园林好,　　君家王谢家⑤。
亭台留朴素,　　水木况清华⑥。
名士登盘鲫,　　衰翁赴壑蛇。⑦
闲来就杯酌,　　未惜日西斜。

[作者简介]

陈重庆(1845-1928),字巽卿,晚号甦叟,扬州人。清光绪举人,入赀为内阁中书,官至湖北盐法道,以丁父忧归。工诗善书法,有《默斋诗集》、《辛酉消夏诗录》等。

[注释]

①此是诗人应当时个园主人李允卿之邀,在农历二月十五日花朝节于个园作第八次消寒雅集时写的诗。个园位于市区盐阜东路上,本寿艺园旧址。清嘉庆二十三年(1818),两淮盐业总商黄至筠改筑。黄别号个园,性爱竹,于园中多植竹,因竹叶形似"个"字,故名个园。个园叠石,相传出于清初大画家石涛手笔。园内假山具春、夏、秋、冬四季景色之意境,与楼、台、厅、轩和谐相连,独具特色。其假山为扬州古园林叠石之代表作。个园为中国古典名园之一,列为全国重点文物保护单位。

②花朝:旧俗农历二月十五日为"百花生日",故称"花朝节"。

个园一景

古人认为此时"春序正中,百花争放之时,最堪游赏"。故届时人们多踏青赏花,妇女则作扑蝶会,以彩布裁五色丝条扣系花树枝条,以应节日,名曰"赏红"。

③嘉招:美好的邀请。

④"犹记"、"香云"两句:意谓还记得当年举行赏荷酒会时,有美人为我们斟酒。香云,比喻妇女的美发。酒瓢,盛酒的瓢,也泛指酒具。

⑤王谢家:指六朝时代的望族王氏、谢氏。旧时以王、谢为高门世族的代表。此处诗人赞美李氏主人系世家子弟。

⑥清华:言景物清秀美丽。晋谢混《游西池》诗:"景昃鸣禽集,水木湛清华。"

⑦"名士"、"衰翁"两句:谓名士登假山如鲫鱼盘旋而上,老诗人下假山如蛇蜿蜒于幽壑。

雨中饮何园二首①

陈重庆

买山不肯隐②,　　窥园聊借慰。
微雨养韶光③,　　生意颇荟蔚④,
柳线织春痕,　　花裀卧香气⑤。
莺啭谷尚幽,　　鱼戏波如沸。
揽胜惬旷怀,　　饮醇得真味。
寂坐谢众喧,　　知希我方贵。

曲折鹤涧桥,　　玲珑狮岩石。⑥
薄润不沾衣⑦,　　藉草铺瑶席⑧。
携手宫额黄⑨,　　照影春流碧。
箫管画帘深,　　灯火珠楼夕。
何氏此山林,　　醉客纷游屐。
海上有神山,　　朱门锁空宅。⑩

[注释]

①何园:位于扬州市区徐凝门街花园巷内。始建于清同治元年(1862),为湖北汉黄德道道台何芷舠所建,取陶渊明《归去来兮辞》"倚南窗以寄傲"、"登东皋以舒啸"句意,故又名"寄啸山庄"。光绪九年(1883),又得吴氏"片石山房"并入园中,遂成为清代扬州最晚建造的大型住宅园林。一度败落,1979年3月整修后对外开放。园由后花园、住宅院落、片石山房三部分组成,以串楼和复廊连成一体,极林亭池馆之胜。园中假山,独峰耸翠,依墙逶迤,自成一格。片石山房设计,以石涛画稿为蓝本,顺自然之理,行自然之趣。该园充分体现了建筑艺术与自然景物融为一体的美丽与和谐。现为全国重点文物保护单位。

②买山：南朝宋刘义庆《世说新语·排调》："支道林因人就深公买印山，深公答曰：'未闻巢由买山而隐。'"后以买山喻贤士的归隐。

③韶光：春光。

④荟蔚：草木茂盛貌。此处意谓花木生机盎然。

⑤花裀：即花茵。裀，通"茵"。指褥垫、毯子之类。此谓落花如垫毯也。

⑥"曲折"、"玲珑"两句：皆为园中景点名。

⑦薄润：指微雨。

何园狮形假山

⑧"藉草"句：坐在草地上铺开华美的席子。瑶席：席的美称。

⑨宫额黄：古代宫中妇女以黄色涂额作为妆饰，因称妇女的前额为宫额。此处代指妇女。

⑩"海上"、"朱门"两句：谓何园主人常不在扬州而居上海，宅第常锁。海上，指上海。

宝塔湾[①]

沈曾植

萧晨烟未泮[②],　　散舸趁轻凫[③],
一往闻扬语,　　重来识佛图[④]。
风微渔唱远,　　月淡晓光无。
行色兼悲喜,　　沙头问仆夫。

[作者简介]

沈曾植(1851－1922),号乙庵,晚年自号东轩、寐叟、姚埭老人。嘉兴(今属浙江)人。近代著名学者。光绪六年(1880)进士,授刑部主事。曾赞助康有为开强学会于京师。历任江西按察使、安徽

今日宝塔湾

提学使、署布政使、护理巡抚。宣统二年（1910）归里。清亡后以遗老居上海。有《海日楼词》、《蒙古源流笺证》、《海日楼札丛》等。

[注释]

①宝塔湾：位于扬州城南古运河转弯处。宋真宗天禧二年（1018），江淮发运使贾宗由仪扬运河和瓜洲运河的交汇点扬子镇(桥)引江水入运，开扬州新河，经新河湾，绕城南接古运河，通黄金坝、湾头东行，史称"近堰漕路"，减坝堰三，以免漕舟驳卸之烦。新河湾处改称"三湾子"。明万历十年（1582），少林寺僧镇存在三湾处建塔，名"文峰塔"，三湾子乃改称"宝塔湾"。旧时此地地旷河阔，花木扶疏，高塔巍峨，为乘舟入扬第一胜景。

沈曾植像

②萧晨：凄清的秋晨。泮：消散。
③"散舸"句：意谓从分开的大船上下来，随着小舟登岸。轻凫，如野鸭状的小船。
④佛图：佛塔。亦指佛寺。

城西名园二十六咏（选六）

叶蕙心

竹西芳径①

《水调》何人唱竹西，　　当年歌吹讯前溪。
山光近接晴烟幂②，　　湾水常流夕照低。
为访莺花三月暮，　　依然风景二分迷。
残碑断碣寻何处③，　　禅智空余草色萋。

卷石洞天④

洞里谁知别有天，　　幻成叠石只卷然。
分形绉透云根活，　　写影玲珑月镜圆。
楼阁此间真福地，　　烟霞世外小游仙。
笑他袖里携东海，　　那似壶中日月延。

西园曲水⑤

东园载酒更西园，　　九曲潆洄问水源。
醉月有人摇白羽，　　流觞往日列芳樽。
香余翰墨谁今古，　　春满烟波载笑言。
回首石栏晴意好，　　半楼红染夕阳痕⑥。

长堤春柳⑦

赤栏桥外自成蹊，　　垂柳经春绿渐齐。

卷石洞天

长堤春柳

絮影争飞分马迹，烟痕密织杂莺啼。
踏来明月歌何处？倚遍东风路转迷。
几度画船经过处，楼台金碧水云低。

白塔晴云[8]

岿然白塔倚云中，古寺遥连法海东[9]。
鸟道高盘烟磴碧，鱼鳞轻漾夕阳红。
半天舒卷经楼晓，七级迢遥佛界空。
闲倚危栏霄汉近，时闻铃语答长风。

四桥烟雨[10]

长春桥外接莲花[11]，更跨双虹卧影斜[12]。
无际浓阴堤几曲，满天烟雨路三叉。
萋萋草色粘波远，点点荷声隔水涯。
欲向城西寻廿四，一湖弥望石栏遮。

[作者简介]

叶蕙心(生卒年不详)，字兰如，甘泉(今江苏江都)人，李祖望妻。幼承家教，工诗善琴。同治后尚在世。卒年九十。有《兰如诗草》、《尔雅古注校》。

[注释]

①竹西芳径：在扬州便益门外五里，禅智寺(即上方寺)一带。地居蜀冈上，大运河转弯处，冈势至此渐平，为旧时风景绝佳处。禅智寺内有《三绝碑》。见后陈霞章《禅智寺》注②。

②山光：原注："山光，寺名。"幂：遮掩。

③残碑：原注："上方寺有三绝碑。"

④卷石洞天：位于市区新北门桥北侧。原为清初郧园故址，以

怪石老木著称。清嘉庆后毁。1984年7月,重建卷石洞天,现为扬州盆景园。园内嘉木葱茏,巨石兀立,北为群玉山房,南为薜萝水阁,其间以桥亭相接。水庭面临碧波,曲溪缭绕;山庭利用冈阜堆叠湖山子石,构成"卷云"层次,洞内仿自然石岩溶蚀景观,引湖水以潜流、湍流、叠泉形式从岩隙间曲折而下。该园与"西园曲水"同属瘦西湖景区。

⑤西园曲水:位于大虹桥路"卷石洞天"之西。原为古西园茶肆旧址,几易园主,清道光、咸丰后园圮。1955年后陆续修建。1986年市政府再次拨款翻建,于年底对外开放。内有濯清堂、浣香榭、石舫、拂柳亭、丁溪水榭诸胜,并有扬派盆景供人观赏。

⑥"半楼"句:原注:"有楼题'夕阳红半楼'。"

⑦长堤春柳:清乾隆间,盐商候补同知黄为蒲于瘦西湖岸筑长堤,始于虹桥西岸桥爪,逶迤至司徒庙山路下而止,绵延数里。沿堤有长堤春柳、桃花坞、春台祝寿、篆园花瑞、蜀冈朝旭五景,城外声伎饮食均集于此,嘉道以后渐废。民国四年(1915),邑人建徐园时重筑长堤春柳一段,仍始于虹桥爪下,至徐园止,长约一里,宽约一丈,沿堤遍种杨柳,间以桃花,堤中段建小亭一,亭额"长堤春柳"。建国后沿堤栽补桃柳,重建亭以复旧观。

⑧白塔晴云:在瘦西湖公园内,为五亭桥西北岸之园林,后废。1984年佛山籍旅日侨胞陈伸夫妇捐资重建。以其与白塔相对,白塔之景一览无余,故名。

⑨法海:指法海寺。

⑩四桥烟雨:四桥烟雨楼位于瘦西湖东岸,与小金山隔湖相望,为清时盐商黄履暹别墅,乾隆南巡时赐名"趣园"。登楼可观虹桥、长春桥、玉版桥、莲花桥空蒙变幻之烟雨意趣,故名。今存。

⑪莲花:原注:"莲花桥,一名五亭桥。"

⑫双虹:原注:"大虹桥,小虹桥。"

再游扬州感赋①

康有为

崇墉仡仡是扬州②,　　千载繁华梦不收。
芳草远侵隋苑道,　　芜城空认蜀冈头。
名园销尽负明月③,　　文物凋零思选楼④。
四十年来旧游处。　　邗沟漫漫水南流。

[作者简介]

　　康有为(1858—1927)原名祖诒,字广厦,号长素,又号更生,南海(今属广东)人。光绪十五年(1889),以诸生伏阙上书,请变法,不得上达。甲午之战后,七次上书倡言变法,光绪二十一年(1895)第二次上书时,有赴京会试举人一千三百余人署名,即公车上书。当年中进士,授工部主事,未就。光绪二十四年(1898),依靠光绪皇帝发动变法维新运动,受到慈禧太后镇压,逃亡出国,成为保皇党的领袖人物。民国成立后,参与张勋复辟,旋失败,死于青岛。著作有《南海诗集》、《大同书》、《新学伪经考》等。

[注释]

　　①民国十年(1921),康有为第二次路过扬州,小住瘦西湖冶春后社。看到后社诗人吉亮工于壁间所书对联"社名仍号冶春,何必改作;来者都为游夏,可与言诗",极为赞赏。"乃赋七律一首,手书横幅,付僧人收藏"(《扬州览胜录》)。所赋七律即为此诗。称"再游",因为四十年前康有为曾路过扬州。
　　②崇墉仡仡:《诗·大雅·皇矣》"崇墉仡仡"高亨注:"仡仡,同屹屹,高耸貌。"崇墉,高大的城墙。
　　③名园销尽:指咸丰兵火以后,扬州园林多毁损倾圮。
　　④选楼:指文选楼。

扬州风物最相思[①]

[日本]森槐南

他日扁舟归莫迟， 扬州风物最相思。
好赊京口斜阳酒， 流水寒鸦万柳丝。

[作者简介]

森槐南(1863-1911)，日本爱知县人。诗才敏捷，十二岁即能为诗。著有《槐南集》。

[注释]

①此首汉诗，系作者观赏扬州风光之后，夜过镇江时所作。

虹桥修禊处之饯春堂

秋 怀①

丘逢甲

竹西歌吹旧繁华,　　落日雷塘噪暮鸦。
绿舫呼筝歌《玉树》②,　青帘沽酒醉银槎③。
才人十错猜新谜④,　　游女双弯踏浅沙⑤。
欲写古欢隋苑夕⑥,　　二分明月玉钩斜。

[作者简介]

　　丘逢甲(1864-1912),字仙根,又字仲阏,笔名仓海,台湾彰化人。光绪进士,官工部主事,以亲老告归,主讲台中、台南各书院。甲午中日战起,在乡督办团练,与台湾士民抵抗日军。兵败后回祖籍广东蕉岭县文福乡定居。创办学校,推行新学,曾任广东教育总会会长、广东咨议局议长。民国成立后,被推为临时参议院议员,因病返粤卒。丘诗雄健激宕,怆怀家国之情溢于言表。有《岭云海日楼诗钞》。

[注释]

　　①此诗作于光绪三十二年(1906)秋。诗人一口气写了四十首秋怀诗,借古今史事,抒兴亡之感,这一首是专写扬州的诗。
　　②《玉树》:南朝陈后主所作歌曲《玉树后庭花》的省称。
　　③银槎:一种银质的饮酒器,其形似船。
　　④"才人"句:原指明阮大铖所写戏曲《十认错春灯谜记》,借指扬州人举行猜谜活动。
　　⑤双弯:指旧时女子的一双小脚。
　　⑥古欢:往日的欢爱或情谊。

望江南·五亭桥[1]

惺庵居士

扬州好,高跨五亭桥。面面清波涵月镜,头头空洞过云桡[2]。夜听玉人箫。

[作者简介]

惺庵居士(生卒年不详),黄鼎铭,字录奇,仪征(今属江苏)人,世居扬州。清宣统二年(1910)以岁贡应会考列第二等,以知县用签分河南,因淡于名利,未久即归。卒年五十六岁。工文章,能诗,书法北朝。所作多随弃,惟《望江南百调·扬州好》及《四书诗》尚存。

清波月镜过云桡

[注释]

①五亭桥：一称莲花桥。在瘦西湖公园内，莲性寺侧，跨瘦西湖上。系环孔石桥，上置五亭，状如莲花，故名。清巡盐御史高恒于乾隆二十二年(1757)建。桥身四翼呈"工"字形，下有三孔十五个卷洞，桥亭为飞檐黄瓦。每当三五之夕，皓魄当空，每洞各衔一月，共有十五月，众月争辉，荡漾波心，令人目不暇接。此桥已成为扬州及瘦西湖景区的标志。

②"云桡"句：意谓五亭桥下十五洞皆可通行游船画舫。云桡，船行波光云影之中，如在天上，故称。桡，指小船。

民　国

江淮锁钥一城遮，
盐铁东南控引赊。

——张謇

扬 州

张 謇

江淮锁钥一城遮，　　盐铁东南控引赊①。
夹道但传隋帝柳，　　侑觞何止魏公花②。
嵯峨节戍宦仍好③，　　憔悴烽烟俗更华。
却为时平增太息，　　旁人只道玉钩斜。

[作者简介]

张謇(1853—1926)，字季直，号啬庵。南通(今属江苏)人。光绪十一年(1885)举人，二十年(1894)为一甲一名进士，以状元入翰林院，授修撰。后主讲南京文正书院，回里创办通州师范、女子师范、盲哑学校等。宣统元年(1909)，任江苏咨议局议长。1912年任南京临时政府实业部总长，后任熊希龄内阁农林、工商总长等职。1915年辞职回故里兴办实业及教育。著有《张季子文录》、《张季子诗录》及《张季子九录》等。

[注释]

①"盐铁"句：谓扬州为历代盐铁的集散地和运销口岸，对东南盐铁有引导、控制的作用。赊，时间长久。谓长期影响盐铁的销卖。

②魏公花：指芍药名种金带围。韩琦曾有"四相簪花"的故事。魏公，指北宋韩琦，称韩魏公，简称魏公。

③"嵯峨"句：此句意谓，驻节于高大巍峨的官署，显示在扬州做官，还是不错的。嵯峨，巍峨高峻貌。节戍，指持符信镇守。

水调歌头·平山堂题壁

梁公约

如此好山色,相对不言愁。我来振衣绝顶,天地忽清秋。憔悴天涯芳草,零落暮鸦残照,凉意上高楼。苍莽旅人意,独立看吴钩①。　　前代事,不堪记,只须休。红泥碧瓦、剩有衰柳换风流。分付长江蛟蜃②,听我铜琶铁板③,何堪唱新讴④。歌罢更谁和,酹酒醉苏、欧⑤。

[作者简介]

梁公约(1864—1927),原名荚,字号有饮真、慕韩、孟涵、苍立等,别署袖海、冶山佣,而以公约行世。扬州人。以诸生为诸侯上客,三十岁客居金陵,入民国任省署秘书。1927年为避兵乱,病逝于上海。工诗词古文,精绘画,尤以画芍药、菊花入神,有"梁芍药"之称。诗近晚唐,有《端虚堂诗稿》、《红雪楼诗余》。

[注释]

①吴钩:钩,形似剑而端曲。春秋时吴人善铸钩,故称。后也泛指利剑。

②蛟蜃:蛟与蜃。传说中的两种龙。蛟能发水,蜃会吐气。亦泛指水族。

③铜琶铁板:俞文豹《吹剑续录》:"东坡在玉堂日,有幕士善讴,因问:'我词比柳词何如?'对曰:'柳郎中词,只好十七八女孩儿执红牙拍板,唱"杨柳岸晓风残月";学士词,须关西大汉执铁板,唱"大江东去"。'公为之绝倒。"后以铜琶铁板形容豪爽激昂的文词。

④新讴:新曲。

⑤苏、欧:北宋词人苏轼、欧阳修。

禅 智 寺

陈霞章

携客驱车到上方①，寺门依旧好山光。
老僧倚树谈明月，村女分秧趁夕阳。
半壁残碑镌宝志②，一瓯新茗煮余杭③。
南巡遗迹今犹在④，风卷杨花著意狂。

[作者简介]

陈霞章(生卒年不详)，祖籍仪征(今属江苏)，后迁郡城。光绪二十年(1894)举于乡，补地方审判厅主簿。应本部法官考试列优等，后病故于京师，年五十有八。冶春后社诗人，有《戊丁诗存》、《戊戌诗存》。

[注释]

①上方：寺名，即禅智寺。在扬州城东北。
②半壁残碑：禅智寺内有三绝碑。碑刻吴道子画宝志公像、李太白赞和颜真卿书，故称三绝。三绝碑为明朝僧人本初重刻。宝志：六朝时高僧，本姓朱，金城人。少年时于建康道林寺出家，师事僧俭，修习禅业。齐武帝谓其惑众，下狱。至梁武帝迎入宫内，甚见崇礼。亦称宝公或志公。
③余杭：代指杭州产的龙井茶。
④"南巡"句：指乾隆三十年(1765)乾隆南巡至扬州，曾策马幸寺，于禅智寺题额曰"竹西精舍"事。

扬 州

汪荣宝

暮雨苍江鼓枻来, 高秋欲访斗鸡台①。
吹箫不见珠帘卷, 叠鼓如闻锦缆回。
幕府千年南渡恨②, 盐船一夕北风哀③。
挑灯试读《芜城赋》, 敢道参军枉费才④。

[作者简介]

汪荣宝(1878－1933),字衮父,一作衮甫,号太玄。元和(今江苏苏州)人。光绪二十三年(1897)拔贡,后留学日本,师事章太炎。归国后任京师学堂教习,协纂宪法大臣。入民国后为议员,出任驻比利时、瑞典大使,驻日公使。工诗,著有《思玄堂诗集》、《清史讲义》、《汪荣宝日记》等。

[注释]

①斗鸡台:在扬州市郊。杜牧《扬州》诗:"秋风放萤苑,春草斗鸡台。"

②"幕府"句:指宋室南迁,驻守扬州的将帅因未能收复失地而引为恨事。幕府,原指将帅的营帐,后泛指军政大员的府署。

③"盐船"句:扬州为淮南盐集散地和运销中心,乾嘉年间最高时达二百万引,"两淮(盐)岁课当天下租庸之半",盐运规模庞大。乾隆三十五年(1770)冬,仪征盐船遭逢火灾,烧毁盐船一百三十艘,烧死及溺毙者一千四百余人,震惊全国。当时学者汪中曾作《哀盐船文》以记之。此句即指此事。

④参军:指《芜城赋》作者鲍照。鲍曾任临海王刘子顼参军之职。

偕谢无量游扬州[①]

马君武

风云欲卷人才尽,　　时势不许江山闲。
涛声寂寞明月没,　　我自扬州吊古还。

[作者简介]

　　马君武(1881—1940),名和,字厚山,桂林(今属广西)人。早年留学日本,参加同盟会的革命活动。1906年回国后在中国公学任教。后因两江总督端方追捕,往德国学冶金。民国成立后,曾任南京临时政府实业部次长、广西省省长、广西大学校长等职。有《马君武诗稿》。

[注释]

　　① 谢无量(1884—1964):四川乐至人。诗人,书法家,南社社员。早期为翻译家和大学教授,新中国成立后任中央文史馆副馆长。

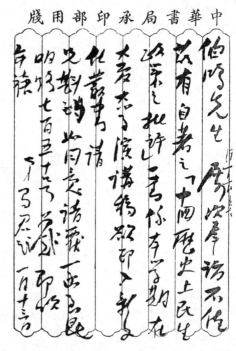

马君武手札

怀扬州用姜白石"小红低唱我吹箫"韵

郁达夫

乱掷黄金买阿娇①, 穷来吴市再吹箫②。
箫声远渡江淮去, 吹到扬州廿四桥。

[作者简介]

郁达夫(1896—1945),浙江富阳人。创造社主要成员之一,后参加左联。抗日战争时期,在香港、南洋群岛一带从事抗日宣传活动。新加坡沦陷后,流亡苏门答腊。1945年9月被日本宪兵杀害。郁达夫为五四以来杰出的小说家和散文家,亦工诗。

[注释]

①阿娇:即汉武帝皇后陈阿娇。曾以黄金百斤请司马相如作赋,感动汉武帝,使自己重得宠幸。

②"穷来"句:《史记·范睢蔡泽列传》:"伍子胥橐载而出昭关,夜行昼伏,至于陵水,无以糊其口,膝行蒲伏,稽首肉袒,鼓腹吹篪,乞食于吴市。"篪,竹管乐器,有八孔。作者自喻穷如伍子胥。

郁达夫像

仙吕·解三酲·乡心①

任中敏

正值我东华人倦,怎当他南国春妍。乡心汩汩偏难咽,撩客绪乱如烟。这梦魂儿俏随草脚连芜苑,半搭云肩落故园。书囊卷,长揖向京尘十丈②,多谢年年。　　从此后选楼花片,从此后柳巷珠钿,从此后绿杨环郭人随辇,从此后竹西边,从此后踏青遮断红桥扇,从此后拾翠吟残紫塞边。平山远,好趁著瘦湖妆靓③,喧笑灯船。

[作者简介]

任中敏(1897 – 1991),名讷,字中敏,笔名任二北、任半塘,扬州人。1916年夏,入天津北洋大学预科。1918年弃工学文,考入北京大学国文系,得到词曲学者吴梅的赏识,遂专攻词曲。1920年后,先后任教于上海、南京、镇江、武汉、广州等地。建国后为四川大学文学教授,1957年曾受到不公正待遇。1975年恢复工作,1978年被中国社会科学院聘为专职研究员,1980年调回故乡扬州,任扬州师范学院词曲研究所主任、首批博士生导师。为当代著名学者、敦煌学专家,其著作有《唐戏弄》、《唐声诗》、《敦煌歌辞总编》、《优语集》等。

[注释]

①此散曲为作者早期作品,作于二十世纪二十年代期间。

②"长揖"句:此句意谓作者将告别功名利禄等尘俗之事。京尘,"京洛尘"的省称。晋陆机《为顾彦先赠妇》诗:"京洛多风尘,素衣化为缁。"

③"瘦湖妆靓"句:瘦湖,瘦西湖之省称;妆靓,妆饰艳丽。

浣溪沙·小金山[1]

易君左

红桥照影迎香袖,翠柳垂丝拂玉鬟。一弯春水小金山。　　画舫停桡吹短笛,锦衣结伴是雕鞍。从来游兴不阑珊[2]!

[作者简介]

易君左(1899-1972),湖南汉寿县人。早年毕业于北京大学、日本早稻田大学。1949年由大陆去台湾,后又转香港。1967年定居台湾直到病逝。曾任台湾政工干校教授兼台湾银行监察人。著作颇丰,有《中国文学史》、《中华民族英雄故事》、《君左诗选》等四十余种。

1932年初,易君左在江苏省会镇江任教育厅编审室主任,曾多次到扬州旅游,后将在扬的游记、纪游诗、见闻及议论汇集成册,题名《闲话扬州》,交由上海中华书局于1934年3月出版。因书中有些关于扬州的议论和描写语涉轻佻和欠妥,引起一些扬州人的反感,乃组织"扬州究易团"对易进行谴责和起诉,后经法庭判决,由易君左公开登报道歉并销毁《闲话扬州》而息事。这就是一时颇为轰动的《闲话扬州》风波。本词摘自该书。

[注释]

① 小金山:此指瘦西湖中之小金山。
② 阑珊:将残、将尽。

浣溪沙·虹桥

蔡巨川

掩映波光软画桡,野梅新柳压虹桥,而今极目总魂消。　　绣瓦云残春寂寂,罗裙梦远夜迢迢,一天细雨打归潮。

[作者简介]

蔡巨川(1900－1974),名钟济,号易庵,祖籍江苏丹徒。出生于北京,长期生活在扬州。新中国成立后,为扬州文物保管委员会委员,扬州市政协委员。系民革成员。幼承外父之学,及壮即以诗、书、画名噪士林。尤精金石,用力至勤,六十年未曾间断,当代扬州印坛精英多出自其门下。其词清丽峭拔。遗著有《三中词》、《易庵谭印》、《蕉窗琐录》等。

今日虹桥

望江南·旅窗杂忆(十三首选四)

丁 宁

吾乡好,春色够魂销。夹岸有花皆芍药,平湖无舫不笙箫。人语小红桥。

吾乡好,烟景怕重提。十里芰荷连法海①,几家楼阁枕清溪。长忆竹桥西。

吾乡好,往事耐思量。黄菊金橙桑落酒②,霜螯白醋苤芽姜③。时节近重阳。

吾乡好,记得岁寒天。出水银鲫银让色④,含浆雪蛤雪输鲜。小饮富春园⑤。

[作者简介]

丁宁(1902–1980),女,字怀枫,原籍镇江,幼随父移居扬州。庶出,生母及父均早亡,依嫡母生活。十六岁出嫁,所适非人,不久即离婚,孤身度日。1949年前在南京国学图书馆工作,解放初期入华东革命大学学习,于1952年分配至安徽省图书馆古籍部管理古籍,直至去世。早年从扬州名宿陈含光学习诗词。三十岁时其词作已能深入宋人及五代堂奥。郭沫若称其词"清冷彻骨,悱恻动人"。施蛰存教授称其词"才情高雅,藻翰精醇,琢句遣词,谨守宋贤法度"。有《还轩词》及《拾遗》。

[注释]

①法海:指瘦西湖内的寺院法海寺,一名莲性寺。
②桑落酒:美酒名,于九月、十月桑叶飘零时开坛。杜甫《九日

杨奉先会白水崔月府》诗:"坐开桑落酒,来把菊花枝。"

③芷芽姜:即紫姜,嫩姜。

④银鲥:即春天于大江捕捞的刀鱼。亦称鲚鲦。侧薄似刀,白色细鳞,味鲜美。

⑤富春园:扬州著名老字号茶社,位于扬州市区国庆路富春巷内,已有一百多年历史。以风味小吃三丁包、千层油糕、翡翠烧卖等闻名于世。

后　　记

　　本书选注了一百六十余位诗人的诗、词、曲作品，约二百篇，上迄三国魏，下至抗日战争前，算是歌咏扬州诗歌沧海中的一粟。选注者希望能借此"一粟"，显示出扬州二千五百年来深厚的文化底蕴和辉煌的历史风貌，激起读者的一腔热爱家乡、建设家乡之情。

　　扬州是名副其实的诗的故乡，要从这浩如烟海的诗篇中撷取代表性的一叶，鉴于资料、选注者的学识和编选角度等诸种因素的制约，实非易事，只能勉为其难。顾此失彼是难免的。本书在选注过程中，试图从三个角度去考虑，力求兼顾和平衡。

　　一是名篇。歌咏扬州的诗词名篇，不但是扬州文化的瑰宝，也是祖国文化的瑰宝，千百年来，它璀璨夺目的光辉吸引过无数的游人和学子纷至沓来，以求一睹扬州的风采，这是一笔巨大的无形资产和精神财富，值得珍视。真的，谁能不为"烟花三月下扬州"、"天下三分明月夜，二分无赖是扬州"、"绿杨城郭是扬州"的名句吸引而心向往之呢？因此名篇是本书首先选录的对象。

　　其次是名人。历史上曾有无数名人光临扬州，上自帝王将相，下迄平民百姓，乃至一些外国友人。他们在游览观赏之余，也往往形诸歌咏，留情笔端。也许这些诗篇未必就是他们的最佳作品，却是他们对扬州情有独钟的证明。他们在扬州留下的雪泥鸿爪，无疑对提高扬州的知名度、保留乡邦文献和研究名人的事迹行踪有重要作用，自然也是选注者重点考虑选录的篇目。

　　三是名胜。扬州历史上有过许多名胜古迹，有一些名胜古迹已不复存在，比如隋代的宫殿；有些则千百年来依然长存，像邗沟和平山堂，瘦西湖景区和一些寺观园林。歌咏和描写它们的诗篇，不但具有美学意义和历史文化价值，同样也是发展旅游业的需要。因此选注者希望在这方面能够多选一些，同时为了兼顾到面，不得不对大量的吟诵平山堂、红桥和史公祠等名胜的佳篇忍痛割爱，而选辑一些如今尚不为外人所熟知的名胜景点的诗篇。基于相同的原因，我们还对部分消失了的景点或准备恢复的名胜作了必要的介绍。

此外，我们还适当选辑了一些从侧面反映扬州重大史实的诗词，以便读者将它们与扬州的历史相对照，有助于我们加深对扬州历史的了解。

在选注过程中，我得到了不少友人和前辈的帮助指导。舅父汤杰先生对选注抉隐发微，解决了一些难点；老友朱福烓先生敞开藏书让我笔录，并多次帮助解决疑难；顾一平先生热情提供了一些不易查找的资料。这一切都使我得益匪浅，难以忘怀，谨在此一并致谢！

本人学识浅陋，视野狭窄，加之时间仓促，自知错误之处在所难免，尚希方家指正。

选注者
2001 年 2 月

主要参考书目

先秦汉魏晋南北朝诗　逯钦立辑校　中华书局　1998年
全唐诗　彭定求等编修　上海古籍出版社　1992年
全宋词　唐圭璋编纂　中华书局　1999年
金元散曲简编　隋树森选编　上海古籍出版社
元人小令集　陈乃乾辑　中华书局　1962年
元曲选　臧晋叔编　中华书局　1989年
明诗纪事　陈田辑撰　上海古籍出版社　1993年
全宋诗　北京大学古文献研究所　北京大学出版社　1998年
唐诗别裁集　沈德潜编　上海古籍出版社　1979年
宋诗别裁集　张景星、姚培谦、王永琪编　中华书局　1975年
明诗别裁集　沈德潜、周准编　岳麓书社　1998年
清诗别裁集　沈德潜编　上海古籍出版社　1979年
清诗纪事初编　邓之诚撰　上海古籍出版社　1984年
明遗民诗　卓尔堪选辑　中华书局　1961年
全清词抄　叶恭绰编　中华书局　1982年
清八大名家词集　钱仲联选编、陈铭校点　岳麓书社　1996年
近代诗抄　钱仲联编著　江苏古籍出版社　1993年
李太白集　上海书店影印　1988年
樊川诗集注　冯集梧注　上海古籍出版社　1998年
剑南诗稿校注　钱仲联校注　上海古籍出版社　1985年
渔洋精华录集释　李毓芙等整理　上海古籍出版社　1999年
稼轩词编年笺注　邓广铭笺注　上海古籍出版社　1993年
扬州历代诗词　扬州老年大学扬州历代诗词编委会编　人民文学
　出版社　1998年
亮节孤忠史可法　扬州文物研究室、史可法纪念馆编　江苏文艺
　出版社　1993年

乾隆江都县志　江苏古籍出版社　1991年
嘉庆江都县志　江苏古籍出版社　1991年
嘉庆江都县续志　江苏古籍出版社　1991年
光绪江都县志　江苏古籍出版社　1991年
民国江都县续志　江苏古籍出版社　1991年
民国江都县新志　江苏古籍出版社　1991年
扬州市志　扬州市地方志编纂委员会主编　中国大百科全书出版社上海分社　1997年
仪征市志　仪征市志编纂委员会编　江苏科学技术出版社　1994年
宝应县志　宝应县地方志编纂委员会编　江苏人民出版社　1994年
高邮县志　高邮县编史修志领导小组编　江苏人民出版社　1990年
江都县志　江都县地方志编纂委员会编　江苏人民出版社　1996年
邗江县志　邗江县地方志编纂委员会编　江苏人民出版社　1995年
广陵区志　广陵区地方志编纂委员会编　中华书局　1993年
扬州画舫录　李斗著　江苏广陵古籍刻印社　1984年
扬州览胜录　王振世著　扬州业勤印刷所　1942年
芜城怀旧录　董玉书著　上海建国书店　1948年
扬州图经　焦循、江藩撰　江苏古籍出版社　1998年12月
扬州现代诗抄　黄经伟编注　中国旅游出版社　1986年12月

图书在版编目(CIP)数据

扬州诗咏/李保华选注.—苏州:苏州大学出版社,
2001.12(2019.4重印)
(扬州文化丛书)
ISBN 978-7-81037-865-9

Ⅰ.扬… Ⅱ.李… Ⅲ.①古典诗歌-作品集-中国-古代 ②词(文学)-作品集-中国-古代 ③散曲-作品集-中国-古代 Ⅳ.I222

中国版本图书馆CIP数据核字(2001)第081698号

责任编辑 王英志
责任校对 郑亚楠
责任印制 何桂林
图片提供 王虹军 等

书　　名	扬州诗咏
选 注 者	李保华
出版发行	苏州大学出版社
	(地址:苏州市十梓街1号　邮编:215006)
经　　销	江苏省新华书店
印　　刷	南通印刷总厂有限公司
	(南通市通州经济开发区朝霞路180号　226300)
开　　本	880×1 230毫米　1/32
字　　数	185千
印　　张	8.5
版　　次	2001年12月第1版
	2019年4月第6次印刷
书　　号	ISBN 978-7-81037-865-9
定　　价	25.00元

本丛书图片由提供者授权使用,如有署名遗漏请与出版社或供稿者联系